A SÉRIE
X-CLAN

I0552295

 — Saia de cima de mim — ela exigiu. No entanto, suas coxas se abriram para permitir que eu me acomodasse entre elas. Porque sim, seu corpo me queria, como evidenciado pela umidade que agora revestia minha virilha. Uma umidade que não tinha nada a ver com a água rasa debaixo de suas pernas.

Ignorei seu comando e dei o meu próprio.

— *Comece a falar.*

Era uma ordem que não deveria ser muito difícil para Riley seguir, já que a mulher geralmente não tinha problema em falar o que pensava.

No entanto, agora, de todos os momentos, ela escolheu permanecer em silêncio.

E me encarar furiosa.

Ao mesmo tempo, pressionando meu pau com um convite óbvio para transar.

Um que eu aceitaria *depois* de discutirmos suas travessuras.

— Riley — rosnei, garantindo que ela entendesse que eu não estava com humor para ser desobedecido. Não com seu corpo doce e molhado embaixo de mim. — Estou a cinco segundos de dar o nó em você, ômega. Me explique como isso é possível.

Eu já conhecia a causa: *supressores*.

O que eu queria era que ela explicasse o *porquê*.

Ela engoliu em seco, um pouco do fogo morrendo em seu olhar.

Semicerrei os olhos.

— Responda. Me diga por que você tomou supressores. — Talvez informá-la sobre o que eu já sabia a ajudaria a se abrir.

— Eu... eu queria uma vida... — As palavras baixas

não eram as que eu esperava ouvir, me fazendo franzir a testa. Eu nunca a tinha ouvido falar naquele tom antes. Isso a tornava muito mais *ômega*.

E não tinha certeza se gostava disso.

Riley era toda proeza mal-humorada, o que eu admirava.

Eu não a queria mansa e submissa. Eu simplesmente queria a *ela*.

— Eu queria *viver* — ela continuou com um pouco mais de força, uma parte sua parecendo se encaixar novamente. — Ser mais que uma procriadora de filhotes.

Arqueei as sobrancelhas.

— Mais que *o quê*?

— Você me ouviu — ela respondeu, os olhos azuis brilhando como fogo líquido mais uma vez.

Aí está minha garota, pensei. *Continue falando.*

X-CLAN
A ORIGEM

Uma introdução
ao universo X-Clan

LEXI C. FOSS

X-Clan: A origem

Lexi C. Foss

X-CLAN
A ORIGEM

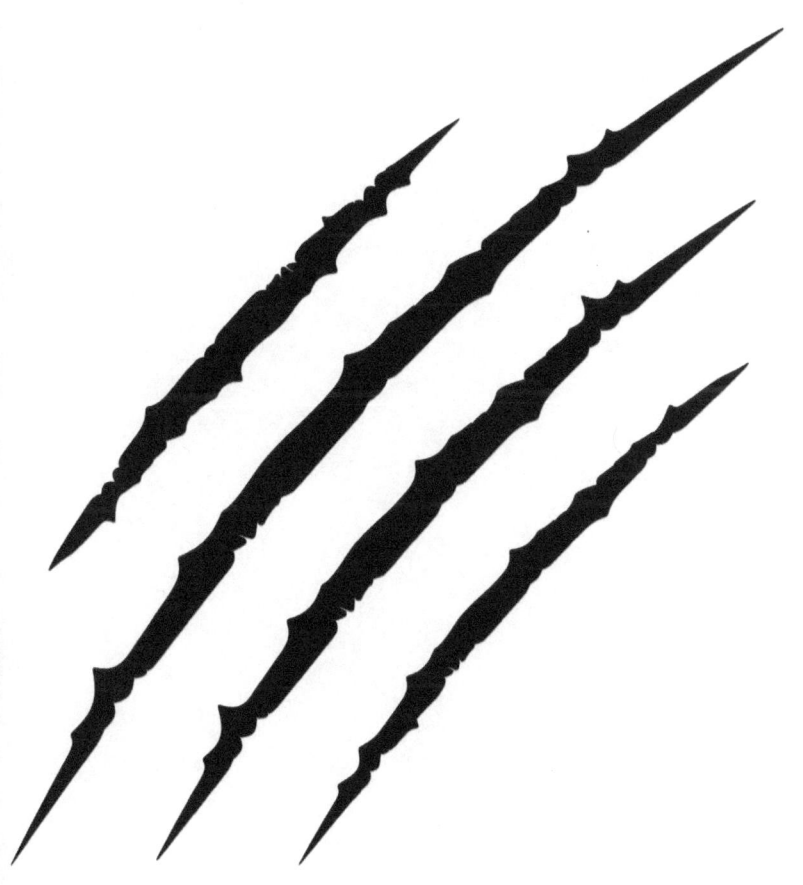

X-CLAN
A ORIGEM

**As paredes do complexo foram violadas.
Os infectados estão atrás de nós.
Não há cura. Nem lugar para nos esconder. A
única opção é fugir.**

Alfa Jonas é o meu guardião sexy pra caramba.
Aquele designado para me proteger de um mundo
condenado pelo caos e pela doença.
Agora, ele vai me escoltar para um lugar seguro.

Só há um problema.
Ele não sabe que sou uma ômega.

E não apenas uma ômega qualquer.
Mas uma que está prestes a entrar no cio.

Passei a vida inteira me escondendo do meu destino.
Mas em nossa pressa de fugir, deixei meus supressores para
trás.

Posso aceitar o inevitável.
Ou arriscar com os infectados.

Porque assim que Alfa Jonas descobrir o que sou...
Ele não vai apenas me dar seu nó.
Ele irá me reivindicar.

NOTA DA LEXI

A série X-Clan se passa em um universo compartilhado, onde sobrenaturais vivem em vários territórios do mundo. Suas identidades paranormais foram reveladas logo após um vírus zumbi começar a infectar a população humana.

Alguns dos sobrenaturais são afetados pelo vírus. Outros, como os lobos do X-Clan, não.

E, infelizmente, os humanos não estão imunes.

Quando a série X-Clan começa, mais de noventa porcento da população humana foi afetada por este vírus.

Portanto, é um futuro sombrio.

No entanto, eu sempre quis voltar à origem para explorar a vida naquela época.

Quem leu a série X-Clan, vai estar familiarizado com Riley e Jonas, pois são personagens-chave nesse mundo. Esta é a história de como eles acabaram juntos. E foi escrita de uma forma que quem ainda não conhece o universo do X-Clan possa acompanhar com facilidade.

X-Clan: A Origem é um livro *standalone*, ou seja, pode ser livro independentemente da série. É uma introdução que fornece a história para o universo metamorfo e explora a conexão amorosa entre um dos casais mais influentes do mundo X-Clan.

Espero que gostem da história de Jonas e Riley!

Abraços,
Lexi

Observação: a título pessoal, esta história foi inspirada na minha pós-graduação em Saúde Pública. A epidemiologia sempre me fascinou e conceituei todo esse universo em 2019, antes de escrever *Território Andorra*. Portanto, esta história não foi de forma alguma inspirada pelos eventos atuais. <3

PRÓLOGO
JONAS

A dra. Riley Campbell é terrível.

Ela é indisciplinada. Não cooperativa. Rude. E a loba mais sedutora que já tive o desprazer de conhecer.

Não sei qual é a porra do problema dela, mas um dia desses, vou colocar aquela pequena beta rebelde sobre o meu joelho e bater em sua bunda.

Depois, vou comê-la.

Por dias.

E dias.

Até que essa obsessão pela médica cheirosa me deixe em paz.

Nunca me senti tão atraído por uma mulher, muito menos por uma beta. Mas há algo em Riley que chama meu lobo.

Tentei ignorar.

Mas ela está constantemente provocando meu dominante interior com seus comentários atrevidos e cheios de sarcasmo.

Posso sentir o cheiro de seu interesse por mim, o que

talvez seja o cerne do nosso problema. Então, uma boa transa vai resolver isso para nós dois.

Ou piorar.

Presumindo que ela me permita protegê-la por tempo suficiente para sobrevivermos a este inferno.

No ritmo em que estamos indo, vamos acabar mortos em meses.

Porque ela se recusa a ouvir minhas orientações, e briga comigo a cada passo do caminho.

Não sou um alfa malvado, lobinha.
Se você me der uma chance, verá como posso ser bom para você.
Então, por que não guarda suas garras? Me deixe te acariciar. Te
mostrar o que posso fazer com minhas mãos e língua.
Juro que você vai se sentir adorada no final.
Porque vou tratá-la como uma rainha.
E te deixar me implorando por mais...

Centro de Controle e Prevenção de Doenças - CCPD

— O que há de errado com você? — questionei, olhando para o meu reflexo no espelho. — Não deveria precisar de outro supressor tão depressa.

Minha loba me olhou, os olhos escuros confirmando o que eu já sabia: meu cio estava chegando. *De novo.*

Eu tinha acabado de tomar um supressor há três meses. Não deveria precisar de outro já.

É o Jonas, pensei. *Aquele alfa insuportável está enlouquecendo a minha ômega interior.*

Minha loba estava agindo mal desde o dia em que ele chegou, treze meses atrás.

Ele estava aqui para me proteger. O que só piorava a situação. Porque meu animal praticamente se derreteu com suas vibrações protetoras.

Puta merda.

Segurei a bancada, flexionando os músculos dos meus braços.

Eu costumava tomar um ou dois supressores por ano.

Eles mascaravam meu cheiro e reprimiam meus instintos de acasalamento. Mas eu já havia usado *quatro* desde a chegada de Jonas.

E com certeza foi a presença dele que mexeu comigo. Estive com vários outros alfas na última década e nunca tive esse problema antes.

Claro, nenhum daqueles alfas eram lobos do X-Clan, então talvez esse fosse o verdadeiro problema: ter um alfa de minha própria espécie por perto.

Ele achava que eu era uma beta. Todos achavam.

Bem, todos, exceto Kieran. Sua afinidade com a cura o havia informado sobre minhas características naturais quase imediatamente. No entanto, ele concordou em permanecer quieto para meu benefício.

Ou talvez para o seu também.

Porque no segundo em que minha verdadeira natureza fosse revelada, eu seria reivindicada por um Alfa do X-Clan e forçada a entrar em um ninho. Era isso o que minha espécie fazia: eles apreciavam ômegas, mas as coagiam a desempenhar funções de procriação.

Sem oportunidades profissionais.

Sem vida fora do ninho.

Sem *escolhas*.

Apenas uma existência mimada por um alfa amoroso.

Ou, no meu caso, um trio de alfas, se os arranjos de meu pai para mim tivessem se concretizado.

Talvez não fosse uma maneira terrível de se viver, mas eu tinha muitas aspirações para simplesmente permitir que me reivindicassem.

Foi por isso que fugi.

O motivo pelo qual deixei minha alcateia e segui meu caminho.

Estava tudo indo bem.

Pelo menos até a infecção começar.

Inclinei a cabeça com um suspiro. *Uma razão a mais para tomar outro supressor.* Não conseguia me concentrar em minha pesquisa durante o cio.

Não que estivéssemos perto de descobrir a cura. Na verdade, estávamos longe dessa perspectiva, com as amebas comendo cada merda de solução que criávamos.

Era uma mutação muito rápida.

Destruindo tudo em seu caminho.

E reagindo como fazia em seu hospedeiro, *comendo* descontroladamente sem nem pensar.

Zumbismo, era como os humanos chamavam.

Infecção foi meu termo escolhido.

Mais de sessenta por cento do mundo já havia sido destruído. Minha unidade foi a única que restou em busca de uma cura. E não era coincidência que a maioria de nós não fosse humano.

Tínhamos alguns mortais em nosso laboratório, mas não muitos. Eles eram muito suscetíveis a...

Estremeci quando uma buzina soou no alto, o som vibrando no ar e arrepiando os pelos dos meus braços.

— O que...? — Eu não precisava terminar a pergunta, pois já sabia o motivo do alarme. — *Merda.*

Aquele som indicava uma brecha nas paredes do complexo.

O que significava que a evacuação era iminente.

Havia muitos infectados. Uma vez que eles sentissem o cheiro, não paravam por nada até conseguirem uma prova. E parecia que não importava quantas paredes ou camadas existissem entre nós; eles ainda podiam sentir nosso cheiro. Quase como se eles próprios fossem lobos.

Claro que isso tem que acontecer hoje, de todos os dias.

Corri de volta para o meu quarto, para pegar a bolsa de fuga, e a levei para o banheiro, onde guardava os supressores. Eu deveria ter tomado um quando acordei com dor de cabeça. Em vez disso, perdi tempo ficando com raiva da minha loba e debatendo a necessidade de outra dose já.

Que idiota, Riley.

Não havia tempo agora para uma injeção, então guardei os suprimentos e voltei para o quarto para procurar algo para vestir.

Larguei a toalha e peguei uma camisa no momento em que a porta do quarto se abriu.

Jonas estava na entrada, com os olhos azuis claros observando meu corpo nu por um instante.

Como metamorfa, a nudez normalmente não me incomodava. Mas uma parte longínqua de mim entrou em ação enquanto eu tentava me cobrir com a camisa que eu segurava.

Jonas não percebeu ou não se importou.

— Temos que ir.

— O que acha que estou fazendo? — protestei. — Tirando uma soneca?

Ele arqueou uma leve sobrancelha em resposta, seu silêncio dizendo tudo e nada ao mesmo tempo. Ele nunca reagia aos meus comentários sarcásticos ou a minha necessidade incessante de afastá-lo.

Sempre paciente.

Sempre pensativo.

Sempre *observando*.

Me forcei a agir, pegando uma calça preta para combinar com a blusa e então abri a gaveta de roupas de baixo.

Jonas observou cada movimento meu e pude ver as narinas se abrindo e fechando.

— Quer olhar mais? — A ironia escapou por instinto e minha propensão para provocá-lo assumiu. Eu abrigava essa necessidade intrínseca de irritá-lo tanto quanto ele me irritava, o que não era justo com o homem, que devia me considerar mimada. Mas ele provocava minha loba. Então eu o provocava.

Ele respondeu às minhas travessuras como sempre fazia, com um grunhido, e se afastou do batente da porta para entrar em meu quarto.

Dei um passo involuntário para trás, enquanto minha loba se submetia de imediato ao alfa que vinha em minha direção.

Mas ele passou direto por mim para pegar a bolsa e seguiu para a porta sem dizer uma palavra.

Senti meu nariz se contorcer, o que me dizia que ele não tinha ido longe, apenas para o corredor para me esperar. Esta devia ser sua versão de privacidade.

Bom.

Eu precisava de espaço.

Porque o alarme não fez nada para esfriar meu desejo por ele. *Por que ele tem que ser tão grande e alfa?*

Ah, certo.

Porque ele é meu guarda-costas alfa.

Um lobo esquelético não se qualificaria para o trabalho. Embora eu pudesse cuidar de mim mesma na maioria das situações, não teria chance contra um exército de infectados. E o Conselho Internacional havia considerado que minha formação exigia proteção.

Portanto, designaram Jonas para mim.

Meu doutorado em doenças infecciosas e epidemiologia me marcava como valiosa. E o fato de eu ser uma das poucas ainda vivas me tornava ainda mais importante para a causa.

A maioria dos meus ex-colegas era humano, o que não era um bom presságio para eles ao lidarem com a ameba comedora de cérebros, que continuava a sofrer mutações sempre que atingia um novo hospedeiro.

Uma mordida e o vírus se espalhava.

Havia até alguns lobos que ele poderia infectar, como os Lobos Ash.

Mas não os do X-Clan ou V-Clan.

Mas isso não impedia os infectados de tentar nos comer quando tinham chance. Não morríamos com facilidade. No entanto, poderíamos ser gravemente feridos e até morrer se estivéssemos cercados por muitos infectados.

E era por isso que eu tinha Jonas.

Jonas grande, poderoso e musculoso.

Com seus longos cabelos loiros, mandíbula esculpida, íris cor de gelo e pele clara.

Ele até tinha um leve sotaque. *Islandês*. Porque ele cresceu perto do Território de Sangue, na Islândia. Eu só sabia disso porque Kieran havia mencionado.

Jonas não falava muito.

Ele gostava de grunhir, rosnar e olhar *fixamente*.

Considerei seu olhar penetrante enquanto me vestia, imaginando o que ele havia pensado quando me observou momentos atrás. Ele não parecia interessado, mas também não demonstrou tédio. Houve um leve movimento em suas narinas e uma sutil dilatação de suas pupilas.

Ele pode sentir meu calor se aproximando?, me perguntei enquanto colocava uma blusa por cima do sutiã. Me ocupei em abotoar a blusa antes de colocar um fio dental e as calças pretas. Meias e sapatos baixos foram os próximos, caso eu precisasse correr.

Prendi o cabelo úmido em um rabo de cavalo e pensei em adicionar perfume para disfarçar meu cheiro.

Mas isso também poderia atrair os infectados.

Então não.

Eu só teria que lidar com o voo e encontrar um lugar

para injetar o supressor no avião ou localizar um local seguro assim que pousássemos.

Talvez eu consiga isso no avião do Kieran, pensei, pegando a bolsa que continha apenas minha identidade militar internacional e um telefone via satélite, e fui em direção à porta.

Jonas estava do lado de fora, com o olhar vigilante e a postura preparada para a batalha.

Estendi a mão.

— Posso levar minha bagagem.

Ele grunhiu de novo e se virou, me ignorando.

— Eu não sou fraca — disse a ele enquanto o seguia.
— E não há quase nada nesse kit de fuga. Posso carregá-lo.

Ele não respondeu, em vez disso me conduziu pelo corredor branco da residência.

Estávamos no subsolo, o que significava que precisaríamos subir para chegar ao aeródromo.

Os alarmes do lado de fora confirmaram que aquelas paredes foram violadas. Levaria horas, se não dias, para os infectados encontrarem uma forma de abrir um túnel até nós. Havia uma chance de nunca conseguirem.

Mas o aeródromo era uma história muito diferente.

Tínhamos um exército significativo no andar de cima que provavelmente estava protegendo o terreno.

E atirando em tudo que se move, pensei, perdendo o humor.

A ameba comedora de cérebros havia se transformado em uma doença que tornava os humanos comedores de carne irracionais. E passei a maior parte dos últimos cinco anos tentando encontrar uma solução.

Enquanto os humanos apenas... matavam uns aos outros.

Essa era a solução deles: lutar contra o que não entendiam e acabar com os feridos, em vez de ajudá-los.

Jonas olhou para mim enquanto chamava o elevador, me avaliando.

Desta vez, não comentei sobre sua propensão para olhar.

Me concentrei nas portas quando elas se abriram e entrei, resignada com o destino que nos esperava acima do solo.

Jonas ficou na minha frente, bloqueando minha visão e assumindo uma posição protetora quando começamos a subir. Ele largou a bolsa no chão e sacou uma arma, sua postura demonstrando que ele estava focado em tudo o que ouvia acima.

Não me permiti ouvir.

Eu estava vivendo com gritos por muito tempo.

Soluços. Sons insondáveis. *Morte*.

Estremeci, o desejo de envolver meus braços ao redor do meu corpo me atingiu com força. Mas eu sabia que não devia ceder à sensação de desolação.

Chorar não resolvia a situação.

Nada resolve, pensei com amargura. *Nada funciona. Nada corrige isso. Os humanos deixaram que isso sofresse uma mutação irreparável.*

Odiava culpá-los, mas não podia evitar. Os políticos mortais foram os que transformaram o surto em debate político, em vez de discussão de saúde pública.

Eles não ouviram os pesquisadores ou os médicos responsáveis. Só tentaram falar de seus lados do campo do jogo político.

E o mundo inteiro pagou por sua ignorância.

Uma onda de ar ameno me atingiu quando as portas se abriram, o calor da Geórgia avassalador e indesejável. Estávamos cerca de cento e cinquenta quilômetros a nordeste de Atlanta, tendo nos refugiado em uma instalação subterrânea que poucos conheciam perto da fronteira com a Carolina do Norte.

Mas pelos sons que ecoavam lá fora, ficou claro que uma horda de infectados veio da cidade e nos encontrou aqui, nas colinas das montanhas Apalaches.

Tiros reverberaram pelo ar, me fazendo estremecer.

Gritos se seguiram.

Fechei os olhos e respirei fundo. *Não há nada que você possa fazer para salvá-los agora. Apenas sobreviva e continue procurando.* Era um mantra que eu frequentemente repetia para...

Uma mão pesada pousou na parte inferior das minhas costas, me trazendo de volta ao presente.

— Siga-me — Jonas disse. Senti seus lábios contra minha orelha, enquanto ele me conduzia para fora do elevador.

Ele pegou minha bagagem, guardou a arma e me colocou contra seu lado em um instante.

Ou talvez eu tivesse congelado quando as portas se abriram.

Eu não tinha certeza, mas minhas pernas estavam se movendo enquanto ele me guiava em direção ao jato que nos esperava.

Gritos e tiros se seguiram, o barulho coletivo me deixando fraca. Eu odiava o que este mundo havia se tornado. Detestava não poder resolver. Me revoltava o fato de que minha genética me permitia sobreviver enquanto tantos inocentes *morriam*.

Só quando olhei para as escadas de metal que me lembrei que queria encontrar o avião de Kieran. Mas era tarde demais.

Jonas já estava me empurrando para outro jato.

E eu seria tola se exigisse que ele me levasse para outro lugar.

Um piloto humano já estava a bordo, seu medo criando um fedor acre que perturbou minha loba. Quase rosnei, mas a presença de Jonas atrás de mim instantaneamente acalmou meu desejo.

É por isso que ele é perigoso, pensei em delírio. *Ele me domina muito facilmente.*

O que fazia sentido. Ele era um alfa. Era isso o que eles faziam.

Mas também eram capazes de muita destruição.

Eles pegavam o que queriam, como queriam.

Como ômegas.

Me encolhi enquanto Jonas me conduzia para um assento, enquanto meu desejo de me derreter e me esconder esmagava minha capacidade de processar o que me rodeava. Sua proximidade apenas aumentou os sinais muito reais do meu cio iminente. Era quase como se a presença dele ao meu lado acelerasse o processo dentro de mim.

Uma impossibilidade, que eu, como médica, sabia ser uma noção ridícula.

Mas isso não impediu meu cérebro de se perguntar se o nó dele tinha algum tipo de vodu mágico que aumentava minha luxúria.

Merda de hormônios, pensei enquanto ele afivelava o cinto. Seu cheiro amadeirado me dominava com os movimentos. *Posso lidar com meu cinto de segurança*, eu queria dizer. Mas as palavras ficaram presas na boca, enquanto outro grito horrendo chegava aos meus ouvidos.

Quantos deles estão morrendo por aí? Abatidos por seus companheiros humanos?

Eu sabia que eles não tinham escolha neste momento. Os infectados superavam os não infectados agora. E só estava piorando.

Era uma mentalidade de sobreviver ou morrer.

Eu odiava que o mundo tivesse se degradado a esse nível de destruição.

Muitos sobrenaturais estavam desenvolvendo regiões protetoras em resposta à epidemia. Mas não eram áreas seguras para humanos. Apenas para sua própria espécie.

Todo mundo tinha uma abordagem de "cuidar de si mesmo" para o mundo hoje em dia.

Dado tudo o que testemunhei, não podia culpá-los. Os humanos não mereciam exatamente nossa ajuda nesse assunto.

Mas isso não me impediu de tentar fazer a diferença.

Pelo menos, não tinha, de qualquer maneira.

No entanto, estava começando a parecer inútil.

A porta do jato se fechou, deixando apenas eu e Jonas na parte de trás com o único piloto na frente.

— Não vamos levar mais ninguém? — perguntei, olhando pela janela para os militares lutando em nosso rastro.

— Eles irão nos aviões de carga —Jonas explicou, com a voz profunda e anormalmente baixa. — Priorizaram o pessoal de pesquisa primeiro.

— Onde está o Kieran?

Jonas grunhiu, seus olhos azuis deixaram meu rosto enquanto ele olhava pela janela ao seu lado.

— Em outro avião.

Suspirei. Se Kieran estivesse no jato, poderia ter distraído Jonas para mim. Eu não tinha certeza se poderia injetar meus supressores com o guarda-costas por perto, muito menos pegá-los. Deveria tê-los colocado na minha bolsa, não na bagagem.

Embora eu nem tivesse minha bolsa comigo agora.

— Onde você colocou minhas coisas? — perguntei, percebendo que Jonas tinha pegado minha bolsa em algum momento e guardado tudo antes de me prender com o cinto de segurança. Havia apenas duas fileiras, com quatro cadeiras cada. Portanto, minha bagagem não poderia estar longe.

Será que tem um banheiro nos fundos? Ou um quarto? Porque era óbvio que este era um jato de luxo reaproveitado, provavelmente tirado de uma ex-celebridade humana ou algum bilionário. *Talvez eu possa pegar minhas coisas e ir até lá.*

— No compartimento — Jonas murmurou, gesticulando com o queixo em direção a uma estante logo atrás de nós.

— E para onde estamos indo? — perguntei quando o jato começou a se mover em direção à pista. Toda essa área já havia sido uma das bases ocultas do governo nos Estados Unidos, o *bunker* subterrâneo projetado especificamente para fins de pesquisas altamente confidenciais.

Não havia muitos locais como este para aonde irmos. Daí a minha pergunta. Também queria saber se dava tempo de pegar a bolsa e ir ao banheiro.

— Leste. — Jonas não deu mais detalhes, sua atenção se voltou para o piloto.

Franzi o cenho, ciente do cheiro que ele estava sentindo. *Temor. Dor. Terror.*

Era um fedor comum no laboratório, mas isso não me fazia me acostumar com mais facilidade.

Jonas permaneceu quieto enquanto o avião subia, semicerrando os olhos um pouco quando o cheiro não mudou.

Fiz uma careta.

— O que foi? — Mantive a voz baixa, ciente de que o piloto não poderia nos ouvir aqui por causa do rugido dos motores.

Jonas não respondeu, apenas desafivelou o cinto de

segurança e se inclinou um pouco para a frente, com as narinas dilatadas.

Olhei entre ele e o piloto.

Então senti um novo cheiro, que me lembrou carne morta.

Minha boca ficou seca. Ah, não...

Eu conhecia aquele cheiro muito bem.

Há um infectado no avião.

Jonas ficou de pé, girando os ombros enquanto relaxava sua postura.

Então ele puxou a arma do quadril.

E apontou.

Bem na cabeça do piloto.

No ar, em algum lugar

— *Jonas* — sibilei. — Se você não notou...

O piloto começou a ter convulsões, fazendo Jonas xingar.

— Você vai despressurizar o avião! — gritei quando ele começou a avançar, com a arma ainda levantada.

Mas ele não estava me ouvindo. Estava focado no humano que agora rosnava.

Eu não conseguia nem ver onde ele havia sido mordido. No entanto, agora que estava prestando atenção, podia sentir o cheiro da infecção.

Droga.

Não é de se admirar que ele estivesse exalando terror. Ele havia sido mordido e sabia o que estava para acontecer.

Esses mortais filhos da mãe. Não paravam de tomar decisões ruins, que foi o que espalhou o vírus em primeiro lugar!

O Complexo da Montanha Cheyenne, um local que

antes era considerado um dos mais seguros do mundo, foi destruído por um senador. Ele foi mordido, não contou a ninguém e começou a se transformar quando estava *dentro* do complexo montanhoso.

A essa altura, já era tarde demais para fazer qualquer coisa a respeito.

Porque ele mordeu um punhado de humanos.

Que tinha mordido mais humanos.

E foi uma espiral a partir daí.

Mas, para piorar a situação, metade dos infectados eram ex-militares. O que significava que eles não eram apenas criaturas irracionais tentando comer para sair da montanha. Eram criaturas *armadas* que sabiam como usar o armamento.

Enquanto também queriam comer tudo em seu caminho.

Nem todas as faculdades humanas morreram com o vírus, mas sim a parte que detectava o certo e o errado.

E o próprio vírus transformou os hospedeiros em canibais, daí o termo *zumbi*, enquanto removia seus sentidos de perigo e moralidade.

Também afetava outras áreas neurológicas, como padrões de fala, o que era evidenciado agora pelo piloto tentando se defender de Jonas.

Uma série de palavras distorcidas saíram de sua boca e soaram estranhamente como um pedido de desculpas.

— Só um arranhão — ele parecia estar dizendo.

É só isso que precisa, pensei com tristeza. Isso fazia parte da mutação. Se espalhava tão facilmente agora, que alguns pesquisadores temiam que pudesse ser contraído pelo ar.

Também havia aqueles de minha espécie que temiam que pudesse evoluir o suficiente para começar a impactar todos os seres sobrenaturais. Essa preocupação só aumentou depois que os Lobos Ash começaram a reagir ao vírus.

Felizmente, ainda não havia mostrado sinais de se espalhar para outros.

Mas com a rapidez com que tudo parecia mudar, quem saberia onde estaríamos daqui a um século, uma década ou mesmo no próximo ano?

O piloto balbuciou algo ininteligível e girou na vertical, batendo o braço em vários controles no caminho e lançando o jato bruscamente para o lado.

Gritei, cravando as unhas nos braços de couro, quando Jonas caiu na lateral do avião. *Merda*!

Ele soltou um rugido que fez meus joelhos tremerem e minha loba interior se curvar de imediato ao seu comando. *Ah, luas...*

Seu cheiro amadeirado dominava o ar ao meu redor, o alfa permitindo que seu lado dominante assumisse de uma maneira que eu nunca tinha visto antes. Eu não tinha ideia de como ele geralmente era subjugado... até agora.

Até que Jonas pegou impulso na lateral do avião e investiu contra o piloto.

Seus passos eram seguros, os movimentos fluidos e aperfeiçoados por décadas de experiência. Talvez até mais. Eu não tinha ideia de quantos anos Jonas tinha, só que ele era mais velho que eu.

E muito mais poderoso.

Sua jaqueta de couro se esticou contra os músculos, enquanto ele derrubava o piloto, envolvendo a cabeça do humano com as grandes mãos e torcendo-a com violência.

O estalo chegou aos meus ouvidos, mesmo com as vibrações do motor. O som do pescoço quebrado provocou um arrepio na minha espinha.

Tão fácil.

Tão imediato.

E, no entanto, o jato estava inclinando de uma maneira que nos mataria se não fizéssemos algo depressa.

Comecei a desafivelar o cinto de segurança, mas Jonas me parou com um olhar letal.

— *Fique.* — A palavra me envolveu como um laço, exigindo minha submissão.

Levantei as mãos para mostrar que estava obedecendo. E ele foi até a cabine.

— Você ao menos sabe pilotar um avião? — As palavras saíram em um murmúrio baixo. Eu não tinha certeza se realmente queria uma resposta.

Mas ele ouviu claramente porque lançou um olhar gelado para mim por cima do ombro antes de se acomodar no assento do piloto e começar a mexer nos controles.

Segurei meu estômago enquanto ele fazia algo para estabilizar a trajetória do avião. *Argh.* O lugar girou um pouco. Ou foi o avião. Talvez a minha cabeça. Eu não tinha certeza.

Vertigem, meu lado médico reconheceu. *Vertigem muito forte.*

Tentei me concentrar o suficiente para ver, mas listras pretas afetavam minha visão.

Espero que o Jonas consiga enxergar, pensei, tonta com a vertigem. *Espero que ele saiba... o que... está fazendo...*

Minhas entranhas se revoltaram enquanto continuávamos pelo céu, e só ouvi vagamente uma voz dizendo:

— Você vai ter que me guiar.

— De jeito nenhum.

— Para onde estou indo?

— Vá... — Um som confuso se seguiu, o eco me fazendo estremecer.

— Não entendi, Kieran. — A voz de Jonas estava mais

clara, mas eu não conseguia vê-lo, minha visão ainda estava fora de foco. — Kieran? *Puta merda.*

A atmosfera mudou novamente, me deixando enjoada.

— Precisamos pousar. — As palavras eram claras, a voz de Jonas alta. Mas eu não sabia se eram para mim ou para Kieran.

Ele está falando com o outro alfa por um sistema de comunicação? É assim que eles ligam em um avião? Eu não tinha certeza.

— Aconteça o que acontecer, não se levante — Jonas acrescentou.

Isso deve ter sido para mim. Em vez de responder, tentei afundar um pouco mais na cadeira para não vomitar.

Não que eu tivesse comida no estômago para perder.

Não tomei o café da manhã, graças ao meu debate interno sobre o supressor.

Algo pelo qual eu estava um pouco agradecida agora que o avião mergulhou de novo. Em geral, eu não costumava enjoar, mas nada disso parecia normal.

Jonas xingou.

A voz de Kieran soou de novo, mas a comunicação falhou.

Não consegui decifrar o que ele disse, mas Jonas respondeu com o que parecia ser as coordenadas.

Então ele gritou para eu me segurar.

Em quê? queria perguntar, curvando os braços ao meu redor enquanto o cinto de segurança me prendia. *Não é assim que quero morrer.*

Lobos ou não, eu duvidava de que pudéssemos sobreviver a um acidente de avião.

Nos curávamos rapidamente, mas não tanto.

O avião balançou com violência, a mudança na pressão do ar atingindo meus ouvidos. *Merda. Merda. Merda.*

Um grunhido ecoou pela cabine, a fonte vindo de Jonas. Tremi em resposta, enquanto minha loba choramingava por dentro.

Isto é ruim.

Ruim demais.

Por que não checamos o piloto?

Como ele foi mordido?

Puta merda!

Estremeci na cadeira, enquanto as asas se moviam e as rodas rangiam sob o avião.

Abri os olhos, mas a vertigem manteve pontos escuros em minha visão. No entanto, eu podia sentir que ele tinha acabado de engatar o trem de pouso.

Estamos indo rápido demais.

Muito rápido.

Vamos bater!

Outro rosnado soou, seguido por um estrondo agudo que roubou o ar dos meus pulmões. Um ronronar.

Não. Não, isso não pode estar certo.

Por que Jonas ronronaria?

Mas foi exatamente o que ouvi. Um ronronar baixo e calmante.

Soltei meu abdômen para agarrar nos braços da cadeira. Seu ronronar continuou a ressoar pelo jato, os alto-falantes parecendo amplificá-lo.

Por que ele está fazendo isso?

Ele está... ele está tentando me acalmar?

Estou enlouquecendo?

Levei a mão à cabeça, mas um movimento brusco me fez agarrar a cadeira mais uma vez.

— Jonas...

— Apenas respire, Riley — ele respondeu, o volume de sua voz confirmando que ele havia ligado o alto-falante.

Seu ronronar continuou, o som me envolvendo como

um cobertor quente de familiaridade. Eu não ouvia um alfa ronronar há anos. Talvez uma década ou mais. E aquele ronronar do passado não tinha sido para mim, mas para outra metamorfa.

Enquanto este...

Este alfa está ronronando para mim.

Minha loba interior se acalmou e meu mundo parecia certo daquele jeito inconfundível.

Mas uma forte sacudida do avião me tirou do meu estado de paz, fazendo meus dentes baterem quando o som estridente dos freios ecoou no ar.

Estamos no chão, percebi. Ele... ele pousou o avião. Ele pousou mesmo o avião!

Seu ronronar se transformou em outro rosnado, enquanto ele lutava com os controles para parar, o som áspero e severo diferente de tudo que eu já tinha ouvido.

E então paramos, *tudo* parou.

Exalei, enquanto lutava para entender tudo o que tinha acabado de acontecer.

Jonas ainda estava preso na cadeira do piloto. Eu não tinha ideia de quando ele havia colocado o cinto de segurança, mas o alfa estava seguro e virado para a frente.

O piloto estava morto.

E nós, espreitei pelas janelas, parecíamos estar em um velho aeroporto. Ou pelo menos, em uma pista muito longa, com postes que me lembravam aquelas luzes que piscavam à noite para designar a pista de pouso. Mas era madrugada, com o sol ainda nascendo, iluminando tudo em seu caminho.

Inclusive um prédio comprido que me lembrava um aeroporto, com seus portões e rampas.

Parecia ter árvores atrás, mas eu podia sentir o cheiro dos infectados. Sua carne podre deixou um fedor no ar que minha loba notou de imediato, fazendo minha boca secar.

Onde estamos?

Não era Atlanta. E só estávamos no ar há uns vinte minutos, no máximo.

Estávamos em Asheville?

Charlote?

Em algum lugar da Carolina do Sul?

Jonas saiu da frente da cabine, seu olhar cor de gelo imediatamente encontrando o meu enquanto me avaliava. Ele havia tirado a jaqueta de couro em algum momento, ficando com uma camisa branca e jeans. Dado que devia fazer uns trinta e sete graus lá fora, isso parecia mais apropriado.

Mas ele não estava suando.

Estava cheio de adrenalina. Seu lobo alfa pulsava, à espreita. Ele não falou, apenas observou meu pescoço, peito, cintura, rosto, e acenou com a cabeça.

— Precisamos nos transformar — ele afirmou, tirando a camisa.

Arqueei as sobrancelhas.

— O que você está fazendo?

— Me transformando — ele respondeu, e todos os traços de seu ronronar haviam desaparecido.

Devo ter imaginado isso.

Jonas levou a mão ao cinto, fazendo seus músculos ondularem.

— Você precisa se transformar, Riley.

Pisquei para ele.

— *O quê?*

— Precisamos correr — ele explicou. — Em forma de lobo. Direto para a floresta. Chegaremos à base a pé.

Entreabri os lábios.

— *O quê?*

Eu não era idiota. Eu o ouvi muito bem.

Mas me transformar? Agora? Enquanto está prestes a

entrar no calor? Isso não significava apenas deixar meus supressores aqui, não poderia carregar minha bolsa enquanto estava na forma de lobo, mas também significava metabolizar o pouco soro que restava em meu corpo. — Não. Não posso me transformar.

Ele fez uma pausa e vi que o primeiro botão da calça estava desabotoado.

— O que disse?

— Tem de haver outra maneira. Temos as bagagens. Não posso... Não podemos... Tem de haver outro jeito.

Jonas olhou para mim por um instante.

— Levante-se.

—Jonas.

— *Agora.* — O domínio naquela única palavra fez minhas mãos se moverem antes que minha mente pudesse processar a ação.

— Não venha grunhindo como alfa para cima de mim — retruquei, mesmo enquanto desafivelava o cinto e me levantava. — Eu *não* sou sua subordinada.

Ele grunhiu e segurou meu quadril quando comecei a oscilar. Não estava preparada para a fraqueza em meus membros, nem processando meus movimentos enquanto me movia.

Porque minha loba interior estava fazendo o que o alfa exigia sem pensar.

Traidora, pensei para meu lado ômega.

Ela respondeu se inclinando para Jonas, enquanto minhas narinas queimavam com seu cheiro amadeirado.

Pare com isso, eu disse a ela. *Ele não é nosso.*

Felizmente, Jonas não pareceu notar. Ele estava muito ocupado insistindo para que eu saísse do corredor e fosse para a frente do avião. Minhas pernas pareciam gelatina embaixo de mim, a aterrissagem inesperada causou o desequilíbrio dos meus membros.

Embora isso também pudesse ser do cio que se aproximava.

Ou talvez uma combinação de todos os itens acima.

Hoje não está sendo um bom dia, murmurei para mim mesma. Foi um pensamento que evoluiu para uma verdade ainda mais profunda quando Jonas apontou para as janelas na frente do avião.

— Vai se transformar agora, princesa? — ele perguntou, o tom baixo com uma pontada de zombaria.

Entreabri os lábios, mas as palavras me escaparam.

Puta merda.

Havia um exército de infectados caminhando em nossa direção. Pelo menos uma centena deles. Talvez mais.

— Nós... nós precisamos...

— Correr — Jonas terminou por mim. — E somos mais rápidos na forma de lobo.

Eu ia sugerir que voássemos, pegássemos um carro ou algo ainda mais rápido que ficar de quatro.

Mas estávamos aqui por um motivo.

E era óbvio que não poderíamos acampar neste jato.

A menos que...

— O Kieran sabe onde estamos?

Jonas me soltou.

— Mesmo que soubesse, ele não viria atrás de nós. Estamos sozinhos até chegarmos à base.

— Por que ele não pode voltar e nos pegar? — perguntei, muito ciente do meu tom indignado. Não queria parecer uma garota mimada com Jonas. Foi apenas uma resposta natural à sua proximidade. Sua gostosura. Sua... sua presença *alfa-y*.

— Porque é muito perigoso. — Jonas segurou meu queixo e forçou meu olhar para si. — Pare de bancar a difícil, doutora. Meu trabalho é te proteger. O que, de fato, faz de você minha subordinada no futuro previsível. Agora, se *transforme*. Ou eu vou fazer você se transformar. Entendeu?

Olhei boquiaberta para ele, dividida entre a fúria e o choque. No final, o choque venceu porque foi o tempo mais longo que ele já falou comigo.

Jonas era um homem de poucas palavras.

No entanto, ele acabou de fazer um discurso.

Um que terminou com uma ameaça sobre sua intenção de forçar minha transformação, o que deveria ter me enfurecido mais do que o fez, mas ele não estava errado em suas declarações.

Eu estava sendo injusta com ele e difícil sem motivo.

Bem, não era uma razão que ele entendesse, de qualquer maneira. Uma que eu não poderia explicar exatamente sem revelar minha identidade ômega.

O que levaria a uma conversa totalmente diferente.

Mordi o lábio. O supressor não apenas reprimiu meus instintos e calor ômega; isso acalmava minha loba. O que significava que eu poderia não ser capaz de me transformar se eu o injetasse agora.

E eu não podia levar o soro comigo na boca. Seria perigoso por vários motivos. Eu provavelmente precisaria dos dentes para atacar aquela horda de infectados lá fora.

Merda.

Jonas estava certo. Eu precisava me transformar, algo que não seria capaz de fazer com facilidade agora se tivesse tomado o supressor esta manhã. Então, talvez minha dúvida fosse resultado do destino.

Mas isso me colocava em uma situação complicada.

Uma que provavelmente revelaria minha identidade para Jonas.

— Riley. — O rosnado em sua voz me disse que ele não pediria novamente. Se eu não começasse a obedecer, ele assumiria.

E eu só poderia culpar a mim mesma pelo que viesse a seguir.

Estou ferrada, pensei quando comecei a desabotoar a blusa.

Jonas já havia tirado a calça e os sapatos, a virilha mal coberta por uma cueca preta samba-canção.

Tentei não olhar.

E falhei.

Porque ele era um espécime impressionante.

Sim, muito, muito, muito fodida, esclareci para mim mesma.

Porque minha loba interior já estava praticamente ofegante, e eu nem estava no cio ainda.

Eu não tinha muita opção. Poderia confiar a verdade e admitir meu status de ômega, mas isso não faria nada para nos salvar dessa situação atual. Se alguma coisa, iria piorar tudo.

Certo, então. Me transformar. Correr. Encontrar abrigo. Me esconder.

E rezar para que meu cio não aumentasse antes de chegarmos ao nosso destino final.

Onde quer que fosse.

Xingando baixinho, terminei de me despir enquanto Jonas me observava com um olhar indecifrável. Estava na ponta da língua debater com ele de novo, mas engoli a vontade.

Ele estava certo, eu precisava deixá-lo fazer seu trabalho.

Suspirando, chamei meu animal interior e dei a ela a liberdade de assumir. Ela concordou com ansiedade, curvando meus membros por instinto enquanto a mudança subjugava meu ser.

Jonas não se mexeu, mantendo seu olhar gelado em mim o tempo todo.

E ainda totalmente ilegível.

Meu animal o ignorou, em vez disso se espreguiçou e estremeceu com a sensação de estar no controle depois de vários meses suprimindo minha necessidade de mudança.

Jonas se agachou, seu olhar encontrando o meu.

— Você vai conseguir correr?

Bufei para ele. *Claro que posso correr.*

— É óbvio que você não se transformou por um tempo — ele acrescentou, levantando a mão como se fosse me tocar. Mas baixou antes de chegar à minha cabeça.

Se eu pudesse franzir a testa, eu o faria. *Óbvio como? Há algo de errado com o meu pelo?* Olhei para as minhas pernas e encontrei uma pelagem marrom-avermelhada lisa. Me movi para testar meu equilíbrio e me senti forte apoiada em minhas patas.

Achei que estava um pouco magra.

Mas isso vinha com o fato de ser ômega.

Jonas me observou por mais um minuto e se levantou.

— Se precisar que eu diminua a velocidade, uive.

Bufei de novo. *Posso acompanhar, alfa. Confie em mim.*

Sim, fazia um tempo desde a última vez que me transformei. E eu podia ser pequena. Mas era rápida.

Ele deu de ombros e tirou a cueca, me dando uma bela visão de, bem, *tudo*. Minha loba quase ronronou em resposta, não que eu pudesse fazer esse som. Apenas alfas podiam. No entanto, ela o admirava abertamente.

A energia agressiva que emanava do homem também não ajudava.

Ele era todo macho dominante.

— Siga-me — ele disse, indo em direção à porta para destrancá-la. Em seguida, saltou do avião – *sem* rampa ou escada.

Olhei boquiaberta para ele, notando a queda, e me perguntei exatamente como ele esperava que eu o seguisse.

— São só três metros e meio — ele falou. — Pule, Riley.

Minha loba queria recusar esse comando.

Mas os sons estridentes vindos dos infectados me fizeram obedecer por impulso.

— Boa menina — Jonas disse quando minhas patas bateram no concreto. — Agora, vamos ver com que rapidez você pode correr.

CAPÍTULO 3
JONAS

Em algum lugar da Carolina do Norte

Riley vibrava de ansiedade ao meu lado, contorcendo o focinho enquanto sentia o cheiro de carne em decomposição no ar.

Na verdade, assumi que essa era a causa.

Porque eu mal conseguia sentir o cheiro de outra coisa além de carne de zumbi.

Que grande merda.

O complexo havia sido invadido, algo que aconteceu porque um humano deixou um grupo entrar sem examiná-los com atenção.

Bastava um mortal infectado para espalhar o vírus.

E foi o que aconteceu.

Como evidenciado pelo piloto agora morto.

Peguei a sugestão de algo errado em seu cheiro. Mas era tarde demais, e já estávamos no ar quando percebi a causa.

Puta merda.

Passei a mão pelo rosto e me concentrei nos arredores

mais uma vez. Estar fora do jato me permitia ver mais que da cabine.

Uma coisa boa porque meu olfato era inútil no momento.

Tínhamos pousado nos arredores de Asheville. Assim, estávamos perto das montanhas, mas também de um antigo ponto turístico.

O que significava que haveria muitos humanos infectados.

Mas também uma miríade de árvores para fornecer cobertura.

Só precisávamos atravessar a barreira dos mortais semelhantes a zumbis e seguir para o leste em direção ao Forte Bragg.

A base tinha uma equipe operacional mínima, principalmente para proteger as famílias de militares e os poucos civis afortunados que conseguiram alcançar a barreira protetora.

Avisei a Kieran que iríamos até lá para esperar por uma nova aeronave.

Ele concordou com o plano, já que Asheville não era facilmente acessível agora. E, como nosso jato foi um dos últimos a deixar o complexo do *CCPD*, não seria fácil para que alguém viesse nos resgatar agora.

Portanto, estávamos por conta própria.

E tínhamos uma boa aventura de quatrocentos quilômetros pela frente.

Se pudéssemos encontrar um carro, seria melhor.

Caso contrário, faríamos a viagem em forma de lobos.

Se fôssemos em um bom ritmo, poderíamos chegar em cinco ou seis dias. Mas teríamos que encontrar lugares seguros para descansar. E essa seria a parte complicada da jornada.

Bem, e sobreviver aos infectados vindo em nossa direção.

Hum.

Teria sido mais fácil usar as armas no avião e atirar no bando de infectados e depois correr pelo espaço criado por suas mortes.

Mas Riley tinha uma queda pelos infectados. Supus que o instinto veio com o fato de liderar as equipes de pesquisa para encontrar uma cura para a doença. Era preciso ser compassiva para ser tão dedicada quanto ela à tarefa.

Essa dedicação era uma de suas características mais sedutoras.

Respeitava sua necessidade de resolver o problema.

E algo me dizia que ela nunca pararia de procurar a cura, mesmo que fosse impossível. Riley não era de desistir facilmente, outro atributo que eu admirava.

No entanto, essa dedicação à causa significava que eu precisava abordar isso com estratégia.

Porque ferir um infectado a incomodaria sem necessidade, como evidenciado pela forma como ela havia resistido a sair do complexo antes. Eu praticamente tive que arrastá-la para o avião.

Não seria capaz de fazer isso agora. Ela era pequena, mas não o suficiente para ser carregada na minha boca como um cachorrinho.

O que significava não massacrar os infectados com minhas mandíbulas e garras.

Não era exatamente o ideal, mas queria que Riley cooperasse, não parasse no meio de um ninho infestado de doenças.

— Tudo bem — falei. — Vamos passar por aquela fileira ali. — Fiz um gesto em direção à área mais fraca da multidão. — Em seguida, vamos correr o mais rápido que pudermos em torno das massas.

Eu a encarei, querendo ter certeza de que ela ouviu o comando em meu tom. Não havia como se desviar desse plano.

Seus brilhantes olhos azuis escureceram para um tom da cor da meia-noite em sua forma de lobo, algo que eu nunca tinha visto antes porque ela sempre ignorou minhas ofertas para sair para correr.

As esferas escuras pareciam brilhar contra o pelo castanho-avermelhado, o que me lembrava de seu cabelo ruivo.

Ela era pequena para uma beta.

Quase frágil.

O que me deixou um pouco preocupado com sua capacidade de me acompanhar, mas ela pareceu se ofender com o meu questionamento sobre sua transformação há alguns minutos.

Era natural depois de testemunhá-la se transformar. A lentidão sugeria que ela não era muito experiente. Embora isso não pudesse ser verdade, porque ela tinha pelo menos trinta anos.

No entanto, havia algo de errado. Eu não sabia o que era e esperava que não nos atrasasse agora.

— Vou tentar ser o mais gentil possível com eles — continuei, contando todo o plano a ela na esperança de que isso a tornasse mais complacente em me obedecer. — Mas estamos em desvantagem numérica, Riley. E meu trabalho é te proteger. Por favor, lembre-se disso, sim?

Ela bufou.

Eu não tinha certeza se era um som de escárnio ou de concordância, mas escolhi assumir que era a segunda opção.

Se ela quisesse sobreviver, precisava confiar em mim.

E me cansei de me submeter a essa ruiva ardente.

Fui designado para vigiá-la por um motivo e levava meu trabalho muito a sério. Assim como ela.

Eu apreciaria um pouco de respeito, pensei para ela.

Mas não me incomodei em expressar isso em voz alta. Ela deixou claro desde o início que não aprovava meu papel.

Eu não tinha ideia do porquê.

E não ia perder tempo agora me torturando para analisar algo que só ela poderia explicar.

Rolei o pescoço, relaxando meus membros, e dei permissão à minha besta interior a assumir. Ele concordou depressa, me colocando de quatro em um movimento gracioso aperfeiçoado por quase um século de prática.

Muito mais rápido que Riley.

Eu era muito maior também.

Algo que se tornou ainda mais evidente quando me deitei ao lado dela, me preparando para nossa corrida.

A loba de Riley avaliava o meu abertamente, as íris escuras vagando por cada centímetro do meu pelo de cor clara.

Meu animal se envaideceu, a besta estava faminta por sua admiração depois de passar tantos meses ansiando por ela como um filhote adolescente.

Ridículo.

Eu não tinha certeza do que havia com essa mulher, mas ela povoava meus sonhos.

E minhas fantasias mais sombrias também.

Não é hora disso, disse a mim mesmo. *Se concentre em correr. Podemos fazer algo quanto a esse respeito mais tarde.*

Comecei a trotar, mantendo os ouvidos sintonizados com Riley e a maneira como suas patas roçavam de leve o concreto enquanto ela se movia. Leve e delicada.

No entanto, a fêmea dentro era feroz. Pelo menos, quando se tratava de mim.

Talvez essa jornada fosse boa para nós, uma maneira de ela perceber que eu não era seu inimigo. Uma forma de descobrir a origem do seu comportamento. *Um jeito de provar o meu valor.*

Não tinha certeza do motivo pelo qual eu desejava isso. Mas queria que ela me achasse merecedor de uma chance.

Parecia que eu tinha passado a maior parte dos últimos meses tentando provar algo a ela, apenas para ser derrubado a cada passo.

Bem, Riley não podia me evitar agora.

Ela precisava de mim.

E pretendia demonstrar meus pontos fortes da única maneira que sabia: *liderando.*

Os infectados ao nosso redor caminhavam devagar em nossa direção, a falta de coordenação confirmando que não haviam se alimentado recentemente. A maioria mantinha alguma forma de instinto natural, o que tornava alguns mais perigosos que outros.

Mas esses seres não eram ex-militares. Não havia armas de qualquer tipo. Apenas dentes.

E os meus eram maiores.

Minhas faculdades mentais também estavam sob controle.

Riley ficou perto de mim enquanto nos movíamos, deixando meu animal à vontade enquanto eu examinava o perímetro para outra contagem.

Comecei a desacelerar quando percebi que havia mais nesta área do que havia notado originalmente.

Merda.

Havia *muito* mais.

Eles deviam ter se escondido pela colina.

Não me surpreendeu que houvesse tantos infectados

aqui. Eles provavelmente perseguiam comida neste local, pois era um ponto de partida óbvio.

Desde que houvesse um avião disponível, e o nosso parecia ser o único em funcionamento, e um piloto que soubesse voar.

Já estive em cabines de controle suficientes para saber o básico. No entanto, havia limites para o meu conhecimento. E esses limites incluíam pilotar aquele jato até seu destino final.

A única razão pela qual consegui pousar aquela porcaria, foi porque o piloto havia estabelecido algum tipo de rota antes de fazer a curva.

O jato saiu de lado porque sua mão puxou a direção. Depois de corrigi-lo, fui capaz de nos colocar de volta aos trilhos.

Então ficou óbvio que ele planejava pousar mais cedo e deixar o jato.

Honorável, pensei.

Mas ele não devia nem ter entrado no jato para começar.

Merda de humanos.

Era por isso que eu não tinha simpatia por eles, que tomavam decisões estúpidas como não contar aos outros sobre ter sido mordido.

Muitos tinham essa mentalidade de colocar as próprias vidas acima de todos os outros, mesmo colocando outras pessoas em risco.

Muitos sobrenaturais também se sentiam dessa forma, já que muitos de nós escolhemos favorecer nossa própria sobrevivência, bloqueando os humanos. Com a rapidez da mutação da doença, era crucial isolá-los para aqueles já afetados por ela.

Mas essas decisões vieram depois de perceber que os mortais estavam se condenando além do reconhecimento.

E depois que alguns dos clãs de lobos perceberam que eram suscetíveis ao vírus.

Certo, pensei, examinando a multidão de novo. *Isso não vai dar certo.*

Fiz uma pausa para reavaliar e notei outro potencial elo fraco no grupo circundante.

Comecei a andar em direção a ele, mas parei de novo quando meu nariz captou o forte cheiro.

O pelo ao longo da minha espinha se arrepiou em antecipação, meu lobo pronto para brigar.

Queria tornar isso fácil para Riley. Mas sua segurança e proteção importavam mais agora.

O que significava que eu teria que ser um pouco menos gentil do que originalmente declarado.

Meu lobo estava de acordo.

Eu esperava que Riley também estivesse.

Com um rosnado baixo de advertência, me virei na direção que havia indicado originalmente e fui direto para os infectados.

Seus gritos excitados me lembraram de unhas em um quadro-negro.

Puta merda, eu odiava aquele som quase tanto quanto o fedor deles.

Meu lobo avançou, pronto para a batalha. Mas ao invés de cortar os infectados, corri através deles, derrubando-os e criando um caminho para Riley me seguir.

Ela veio.

Ou tentou, de qualquer maneira.

Os infectados estavam tão famintos que imediatamente convergiram para a brecha, pousando em cima dela e tentando cravar os dentes em seu pelo.

Ela soltou um grunhido feroz e mordeu de volta, me chocando.

Quando um dos infectados agarrou sua perna, ela gritou e afundou as presas em seu pescoço.

Seu animal assumiu o controle, percebi. Ou Riley tinha voluntariamente dado as rédeas à besta, ou a loba as tinha tomado por uma necessidade de sobrevivência.

Independentemente disso, aproveitei a mudança e usei minhas garras para ajudar a libertá-la das massas. Então me virei para outra horda que se aproximava e derrubei vários com golpes violentos de minhas patas.

Riley se juntou a mim, com gotas de sangue sobre o focinho.

Grunhi, dizendo a ela para me seguir novamente, e parti em meio a outra multidão.

Esta caiu facilmente, pois nossos lobos trabalharam em conjunto para criar um caminho seguro.

Agi certo, pensei quando rompemos a massa final. *Isso era mais fácil que usar uma arma.*

Mas não deu tempo de comemorar porque mais infectados já vinham em nossa direção.

Olhei de volta para o aeroporto para me familiarizar com o ambiente e encontrar meu senso de direção.

Riley rosnou, chamando minha atenção. Ela estava olhando para outro grupo de infectados, com os dentes à mostra.

Com certeza é a loba dela, pensei. Talvez fosse daí que vinha toda aquela energia mal-humorada.

Eu a empurrei de leve para chamar sua atenção, então inclinei a cabeça na direção que eu queria correr.

Ela piscou para mim, como se estivesse saindo de um torpor, seu olhar percorrendo minha forma mais uma vez. Um gemido baixo saiu de sua boca, me confundindo.

Era um som distintamente submisso.

Betas e ômegas se curvavam para alfas por instinto,

mas algo naquele som despertou o interesse do meu animal. Parecia quase um apelo.

Para quê? Para correr? Para ajudá-la a escapar? Para ajudar sua humana a recuperar o controle?

Eu não tinha certeza.

Seus olhos escuros brilhavam sob o sol da manhã, me proporcionando um vislumbre da humana sob o pelo. Apareceu e sumiu em um segundo. Ela parecia estar lutando contra seu animal.

Talvez fosse com isso que ela precisava da minha ajuda. para controlar sua besta.

Isso não é algo que ela já deveria saber fazer? me perguntei. *Os filhotes aprendem esse controle aos cinco anos de idade.*

Independentemente disso, não havia tempo para debater ou ajudá-la agora. Precisávamos ir.

Soltei um ronronar baixo, semelhante ao que fiz no avião, a vibração instintiva e ainda assim incrivelmente errada. Alfas ronronavam para companheiras pretendidas ou membros do bando que o exigiam. E Riley não era minha pretendida, nem era um membro do bando.

No entanto, meu lobo parecia se sentir diferente.

Considerando a maneira como seu animal se aproximou do meu, parecia que ela também apreciava a atenção.

Então aumentei o volume para embalá-la em um estado de obediência, e a conduzi ao redor da horda que se aproximava e para a linha das árvores ao nosso lado.

Tivemos que fazer um semicírculo para ir na direção certa, mas havia muito menos infectados debaixo da cobertura das árvores.

Evitei os poucos que se colocaram em nosso caminho e meu ronronar nunca vacilou, enquanto eu levava Riley para o interior da floresta.

Sua loba me seguiu como se estivesse em transe. Era

provável que ela nunca tinha ouvido um alfa ronronar antes. Alguns alfas ronronavam para ajudar companheiras de alcateia, mas Riley me pareceu o tipo de loba que raramente precisava desse tipo de calmante.

No entanto, ela parecia responder de forma positiva a isso.

Talvez este seja o caminho para o coração da danadinha.

Se isso a tornasse obediente, eu ronronaria para ela todos os dias.

Apenas classificaria isso como um requisito de proteção.

Corremos vários quilômetros. Nosso ritmo era um trote rápido que nos levava mais fundo na floresta.

Riley não lutou comigo. Não rosnou. Nem tentou desacelerar ou alterar nossa jornada.

Apenas me seguiu.

Então você pode obedecer aos comandos, pensei. *Você só precisa de um pouco de carinho para fazê-lo.*

Ou talvez tenha sido por isso que ela negou minhas ofertas para correr no passado, ela sabia que sua loba se submeteria.

Fascinante.

Eu possuía a habilidade de forçá-la a se transformar. Talvez usasse isso na próxima vez que ela reagisse contra.

Quase bufei com a ideia. Ronronar era uma alternativa mais gentil. Tentaria essa abordagem primeiro. Mas observaria a aquiescência fácil de seu animal para referência futura.

Continuamos nossa jornada por algumas horas, parando apenas de vez em quando para cheirar o vento e olhar para cima para verificar o sol.

Passei muito tempo ao ar livre, não apenas como lobo, mas também como homem. Gostava de me perder no deserto e encontrar o caminho de casa. Havia algo libertador nisso. Nunca fui uma criatura de alcateia, preferindo vagar sozinho.

Talvez porque eu tivesse sido criado com os lobos do V-Clan, no Território de Sangue. Sempre fui um pária como Alfa do X-Clan. Mas minha mãe ômega se apaixonou por um Alfa do V-Clan e, como meu pai biológico estava morto, fazia sentido vivermos na Islândia com o bando de seu companheiro.

Ele certamente era diferente da maioria dos bandos do X-Clan que eu conhecia. E não apenas por suas características mágicas, mas pela forma como tratavam seus membros.

Talvez isso acontecesse apenas no Território de Sangue. Por mais que eu não ligasse para Kieran, ele era um bom líder. E ele certamente conquistou o bando, apesar de suas circunstâncias únicas.

Ele também conquistou Riley.

Mas esse era outro tópico, um que meu lobo não queria reconhecer agora. Porque estava claro que os dois eram *próximos*.

Eu só não queria pensar qual era a proximidade.

Ou como ela sempre foi doce com ele. Como ela sorria para ele. Como ela ria com ele.

E é por esse motivo que não vou pensar nisso, decidi, acelerando um pouco o passo.

Riley fez um som de protesto, me fazendo desacelerar mais uma vez e olhar para ela. Foi seu primeiro sinal externo de desobediência desde que começamos este trote, e ao olhar para ela agora, percebi que não era seu habitual modo de agir. Ela estava dizendo que não podia continuar.

Merda.

Eu estava tão concentrado em nossa direção e arredores que não notei seu estado exausto.

Quando foi a última vez que você comeu? me perguntei,

41

observando sua forma frágil e olhos doloridos. *E porque não disse nada?*

Mulher teimosa.

Ela parecia prestes a desmaiar.

No entanto, culpá-la não era inteiramente justo. Eu deveria estar prestando mais atenção nela.

Certo. Farejei o ar, procurando por sinais de vida em qualquer lugar ao nosso redor. Ou comida. Talvez até água.

Mas, em vez disso, senti uma doce fragrância no vento. *Riley.*

Estranho. Seu cheiro sempre me atraiu. No entanto, algo estava diferente com relação a isso agora.

Inspirei mais uma vez, tentando discernir a nota distintiva, mas Riley estremeceu, me distraindo. Precisávamos encontrar abrigo e comida.

Com um ronronar reconfortante, inclinei o corpo em direção ao cheiro de madeira recém-cortada. Isso indicava adulteração humana, o que significava que nos levaria a algo. Talvez um acampamento ou cabana.

Acabou sendo o último.

Embora não houvesse apenas uma. Havia várias.

Fiz uma pausa perto das árvores e voltei à forma humana para usar minha voz. Meu corpo tremeu com a mudança repentina e meu pescoço estalou quando meus membros se endireitaram.

Riley olhou para mim com olhos brilhantes, sua loba me avaliando abertamente mais uma vez.

— Vou dar uma olhada. Fique na forma animal caso precise correr, certo? — Tentei combinar minhas palavras com um ronronar baixo, esperando que isso a fizesse cooperar novamente.

Sua loba respondeu se sentando.

Linda, pensei, lutando contra a vontade de sorrir.

— Vou uivar se encontrar algo perturbador — falei, em vez disso, não querendo arriscar que ela voltasse ao seu estado habitual de malcriação.

Então saí descalço em direção às cabanas, enquanto usava minhas habilidades de metamorfo ao longo do caminho.

Hora de caçar.

CAPÍTULO 4
RILEY

LEVANTE-SE, exigi.

Em vez disso, minha loba se deitou.

Olha, eu entendo. Você está com raiva porque não deixei você se transformar por, bem, um tempo. Mas você tem que se recompor.

Minha loba bufou em resposta e apoiou a cabeça no chão, obediente ao extremo. O alfa disse a ela para *ficar*. Então ela ficaria.

Ele não é nosso companheiro, disse a ela.

Ela bufou em resposta.

Ele não é nosso, repeti as palavras que vinha ecoando há horas. Mas ela estava totalmente hipnotizada pelo ronronar de Jonas.

O que, sim, era um belo ronronar. E eu nunca tinha recebido o ronronar de um alfa antes, então gostava de como isso me fazia sentir.

No entanto, não significava que eu queria me sentar aqui como um cachorro obediente esperando meu mestre voltar.

44

Infelizmente, era o que minha loba queria.

Caramba, ela queria muito mais que isso. Ela queria que o lobo de Jonas montasse nela.

O que não ia acontecer.

No minuto em que ele percebesse que eu era ômega, ele me reivindicaria. Eu podia sentir isso bem lá no fundo.

Assim como podia sentir a aceitação ansiosa de minha loba. *Companheiro digno*, ela praticamente ronronou. *Meu companheiro.*

Ele não é nosso, retruquei de novo.

O que era uma frase inútil, pois meu animal não entendia de verdade minhas palavras ou comentários. Ela podia sentir meus sentimentos e geralmente estávamos em sincronia, mas me dissociei dela ao longo dos anos por causa dos supressores.

Supressores que estão acabando rapidamente, pensei, suspirando por dentro.

Senti as cãibras começarem há alguns quilômetros, o que me fez chorar um pouco. Porque *doía*. Sempre. E esse cio seria pior que o normal, depois de anos impedindo que acontecesse.

Merda. Eu precisava assumir o controle e me esconder. Fazer algo diferente de me sentar aqui como uma ômega obediente.

Mas eu podia sentir a teimosia da minha loba.

Afinal, ela era parte de mim. E eu nasci teimosa.

Daí a razão pela qual escolhi deixar meu bando, frequentar uma universidade humana e estudar para obter todos os meus diplomas. Meus pais não aprovavam. Eles queriam que eu me estabelecesse no Território Alberta com a tríade que haviam escolhido para mim.

Ao invés disso, eu fugi.

Algo que meu pai tentou impedir, mas foi fácil desaparecer entre os humanos durante esse período.

Consegui criar uma identidade nova, graças à tecnologia avançada, e me inscrever em faculdades.

Os lobos paravam de envelhecer depois de uma certa idade, o que me permitia parecer jovem para sempre.

Não que eu fosse velha quando fugi.

Eu tinha só dezenove anos, a idade perfeita para frequentar uma universidade.

Fiz muitas dívidas, mas valeu a pena viver meus sonhos.

A graduação em biologia me levou à medicina. Passei por todos os obstáculos da residência, depois aprofundei meus estudos me concentrando em doenças infecciosas antes de finalmente concluir o doutorado em epidemiologia.

Foi mais de uma década estudando e praticando medicina.

O que me levou ao trabalho no Centro de Controle e Prevenção de Doenças.

Um trabalho que rapidamente se transformou em um pesadelo quando a ameba comedora de cérebros mudou para seu estado atual.

Bastou um grupo de adolescentes visitar o lago errado. Eles nadaram nus e inalaram um pouco de água pelo nariz, e a doença se transformou a partir daí.

Muitos políticos chamaram isso de acaso.

Pesquisadores consideravam uma tempestade perfeita de eventos. Porque a condição sofreu uma mutação devido ao subconjunto único já existente em seu hospedeiro.

Suspirei por dentro. Agora, a doença havia sofrido uma mutação irreparável.

E o complexo era um dos únicos lugares com tecidos para examinarmos.

Kieran os embalou? Ou foram deixados para serem destruídos?

Afinal, para onde estamos indo?, me perguntei. Jonas não tinha me contado. Eu apenas o segui cegamente pela floresta.

Bem, não. Minha *loba* o seguiu.

E agora?

Eu deveria me sentar aqui e esperar para entrar no cio?

Meu estômago se apertou com a ideia.

Argh.

Não ajudou que agora eu soubesse exatamente com o que estava trabalhando. *O homem tem o corpo de um deus.*

Linhas magras. Músculos planos. Abdome delicioso. E um nó com o qual eu queria muito me familiarizar.

Não pense nisso. Não pense nisso. Não pense nisso.

Ah, mas eu com certeza estava pensando sobre isso. Aquela cintura grossa. Os músculos impressionantes. Aquele pau...

Pare, disse a mim mesma. *Ele não é nosso.*

Minha loba bufou de novo, irritada com minha negação. Há meses ela o queria e tinha certeza de que finalmente o teríamos.

E aquele nó.

Dentro de mim.

Nos protegendo.

Em feliz agonia.

Apertei a mandíbula. Ou tentei, de qualquer maneira. Mas minha loba recusou a ação.

Eu poderia retomar o controle, forçá-la a se curvar e voltar à forma humana. No entanto, estava um pouco preocupada sobre como isso afetaria meu cio iminente. Era óbvio que já estava alterando minhas faculdades mentais, daí a imagem muito bonita de Jonas nu ainda em meus pensamentos, e me transformar podia piorar meu estado atual.

Um gemido baixo deixou minha boca mais uma vez, sem que eu conseguisse segurá-lo.

Fazia muito tempo desde que me entreguei ao sexo. Estive com alguns betas, assim como humanos. Mas nunca um alfa. Por razões óbvias. Não queria ser reivindicada contra a minha vontade.

No entanto, quanto mais eu considerava Jonas, mais sentia como se não fosse me importar que ele me reivindicasse.

O que me assustava pra caramba, porque eu sabia que era meu calor falando, não minha mente.

Não é nosso. Não é nosso. Não é nosso.

Pense no que ele vai fazer quando descobrir a verdade, disse a mim mesma. *Pense na raiva que ele vai sentir.*

Desafiei o valor de ser ômega tomando supressores. Como alfa, ele ficaria furioso comigo. Provavelmente me puniria se recusando a me dar seu nó.

Pelo menos por um período de tempo.

Tempo suficiente para me fazer implorar.

Implorar *de verdade*.

Um rosnado baixo se formou dentro de mim com o pensamento. *Eu o odeio. Odeio alfas. Odeio isso.*

Mas principalmente, eu odiava desejar Jonas.

Seria muito mais fácil se eu o odiasse de verdade. Mas infelizmente, ele não fez nada para justificar esse sentimento.

Além de existir.

Soltei um longo suspiro, que minha loba deixou passar. Ela era a epítome da calma, mantendo os ouvidos atentos ao retorno de Jonas.

Não tinha pensamentos sobre a nossa sobrevivência.

Nem sobre fugir.

Apenas uma aceitação silenciosa do destino.

É por isso que o lado humano tem mais controle, eu disse a ela. *Temos bom senso. Você só pensa com seu sistema reprodutivo.*

Ela bufou, não porque tivesse me entendido, mas em resposta ao meu tom. Ou talvez minha reação descontente com seu relaxamento.

Não estávamos desconectadas por completo, apenas o suficiente para que ela tivesse o controle agora.

Algo que me perguntei se Jonas havia facilitado por seus movimentos, palavras e ronronar.

Não, provavelmente não. A culpa era minha por negar minha loba todos esses anos.

Agora que a libertei, ela queria estar no comando.

E sua primeira preocupação parecia ser aceitar Jonas como companheiro.

Ele nem sabe que você é ômega. Acha que você é só uma beta.

Outro grunhido.

Ele não nos quer.

Ela ignorou isso.

Ela *me* ignorou.

Provavelmente porque sabia que eu estava falando merda. Era claro que ele nos queria. Ou se sentiria assim no momento em que percebesse a verdade.

Como ele vai me punir? me perguntei, sentindo meu interior formigar com a perspectiva. *Negação de orgasmo? Surra? Rosnados rudes?*

Por que todas essas coisas me atraíram?

Ah, certo. Porque meu corpo tinha vontade própria.

Por que não tomei os supressores antes? Eu tive que questionar tudo. Claro, foi bom não tê-los tomado, ou não teria sido capaz de me transformar e correr com Jonas. De qualquer maneira, ele teria descoberto que havia algo de errado.

E teria sido ainda pior.

Talvez.

Ou talvez isso seja pior porque agora vou querer o nó dele.

Com os supressores, eu poderia recusá-lo.

Neste estado, não. Porque todos os meus desejos proibidos estavam vindo à tona.

Minha loba contraiu o focinho quando o cheiro de Jonas ficou mais forte. Mas havia algo manchando sua colônia amadeirada. Algo esfumaçado.

Me sentei. Ou melhor, *minha loba* se sentou.

Mas nenhuma de nós gostou do cheiro.

O que é isso? Por que ele alterou seu estado natural?

Nós farejamos o ar, torcendo o nariz.

Não é aceitável.

Jonas apareceu segundos depois, usando um par de jeans e botas.

Isso também não é aceitável, pensei. *Por que você está vestido?*

Espere. Por que eu o quero nu?

Pare de pensar.

Ele ergueu um tecido.

— Encontrei um vestido de verão para você. É rosa.

Sim. Posso ver, respondi com um olhar. *Sei identificar a cor.*

— Encontrei uma cabana com comida enlatada, roupas de cama e alguns outros itens. Incluindo uma cama. Então podemos descansar lá. — Ele olhou ao redor, fungando. — Não há sinais de infectados por perto. Nem de humanos também. — Ele franziu a testa. — Mas estou sentindo o cheiro de algo... — Ele parou quando franziu o nariz. — O que é isso? Um cheiro...

Minha loba começou a abanar o rabo.

A *merda* do rabo.

Isso não é uma coisa boa, eu disse a ela. *Isso é bem ruim.*

Como evidenciado pela forma como seu olhar cor de gelo imediatamente encontrou o meu, enquanto fungava mais uma vez.

— *Doce.*

Levei um momento para entender o que ele queria dizer.

Então percebi que ele estava terminando a frase. *Um cheiro doce.*

Sim, porque sou eu entrando no cio.

— Riley... — Ele deu um passo à frente, enquanto o tecido rosa caía no chão ao lado dele. — Por que você está cheirando como uma ômega?

Merda.

Me levantei, minha loba cedendo de repente o controle de volta para mim.

Talvez porque ela pudesse sentir a agressividade pulsando dele, aquela raiva alfa que eu havia antecipado ao perceber o *motivo* pelo qual meu cheiro começou a mudar.

Fiquei sinceramente chocada por ele não ter notado enquanto estávamos correndo.

No entanto, só passei a sentir as cólicas há pouco tempo. O que significava que os vestígios finais dos supressores haviam começado a metabolizar. Então meu cheiro só mudou recentemente.

Mesmo agora, ainda podia sentir algumas das notas azedas do meu cheiro beta forçado.

Mas Jonas estava certo, minha doçura ômega estava assumindo o controle.

Ele avançou e eu recuei por instinto.

— Não se atreva a correr — ele rosnou. — Se transforme e me explique esse merda. Agora.

Minha loba ganiu, querendo concordar.

No entanto, ela me devolveu o controle de que eu precisava para tomar as decisões entre nós.

O que significava que eu escolheria a primeira opção: *correr.*

E ele também sabia disso. Seu rosnado alfa aumentou,

o som que forçaria minha transformação se eu não reagisse de imediato.

Então corri para a floresta, não de volta por onde viemos, mas para... não fazia ideia de para onde.

Não me importava.

Só sabia que tinha que correr.

Escapar.

Me *esconder*.

Porque eu me recusava a ser reivindicada. Eu queria meus sonhos, minha vida, minha *escolha*.

E Jonas não me daria isso.

Ele me tomaria. Montaria em mim. Me daria seu nó. Me deixaria grávida e me *possuiria*.

Isso não vai acontecer.

Minha loba parecia estar a bordo agora, permitindo que eu me esforçasse ao máximo enquanto corríamos pelo mato.

Mas uma nota de excitação flutuava em torno de seu espírito, me fazendo parar.

Por que você está gostando disso? me perguntei. *Estamos prestes a enfrentar a maior batalha de nossas vidas. E você está ofegante?*

Puta merda, a loba estava *sorrindo*.

Não era uma respiração exausta, mas feliz.

Porque ela podia sentir Jonas nos perseguindo.

Ela sabia que seu alfa escolhido estava à caça.

E meu animal *queria* ser pega.

Era sua versão de jogo de acasalamento.

Ah, merda, pensei. *Isso não vai acabar bem.*

CAPÍTULO 5
JONAS

EM ALGUM LUGAR DA CAROLINA DO NORTE

RILEY É ÔMEGA.

E não qualquer ômega, mas uma entrando no cio.

Seu perfume doce chamou meu lobo, me forçando a segui-la pela floresta. Dei um pouco de vantagem a ela, porque estava muito ocupado boquiaberto, olhando sua fuga para reagir de imediato.

Então tirei as botas e arranquei a calça emprestada, fiquei de quatro e saí pela floresta.

Que merda é essa?

Como eu não notei esse detalhe crucial? Meu lobo tinha desejado a fêmea por meses. Achei que era o desafio que o intrigava.

Mas não.

Ele suspeitava de sua verdadeira forma o tempo todo.

E agora eu tinha uma resposta sobre o motivo pelo qual ela se recusava a correr comigo.

Porque sua loba era ômega. Isso explicava o tamanho e seu instinto de obedecer.

Seu animal era inerentemente submisso.

Enquanto a mulher era toda feminina e mal-humorada.

Uma mulher mal-humorada que estava tomando supressores.

Mas por quê? Por que esconder sua forma natural? Para evitar o cio? Havia outras maneiras de buscar conforto durante o estro, maneiras que não exigiam drogar sua loba.

Ela deveria saber. Era médica, pelo amor de Deus.

Pelo menos significava que ela estava segura quanto a isso.

Mas, se uma simples transformação a mandasse de volta ao modo ômega, então seria realmente seguro?

Merda, foi por *isso* que ela hesitou em se transformar antes? Quando foi a última vez que ela saiu para correr?

Não era de se admirar que sua transição tenha sido lenta.

Eu estava certo em me preocupar. E a fiz correr por horas.

Merda.

Se ela tivesse dito algo, não a teria pressionado tanto. Isso explicava sua exaustão também. Ela provavelmente nem tinha comido hoje.

Droga, Riley, pensei, batendo as patas no chão enquanto a perseguia.

Ela estava por aí, ultrapassando seus limites mais uma vez. Bem quando estava prestes a entrar no cio.

Esta fêmea deve possuir um desejo de morte. Porque, nesse ritmo, ia acabar gravemente ferida ou algo pior.

O que precisávamos fazer era voltar para a pequena vila de cabanas e criar uma toca protetora para ela descansar durante todo o ciclo.

Seria afetado pelos supressores? Quando foi a última vez que ela entrou em estro?

Eu tinha muitas perguntas, e só havia uma loba que poderia respondê-las. Uma cujo cheiro tinha acabado de diminuir para um perfume fraco.

Meu lobo fungou, confuso.

Então ele inclinou a cabeça, os ouvidos atentos a todos os sons da floresta.

E o fluxo suave de água corrente ao longe.

Mulher inteligente, pensei, ganhando velocidade mais uma vez. Ela devia ter entrado no riacho para ajudar a lavar seu cheiro.

Que pena para ela, não seria o suficiente.

Segui o som da água caindo sobre as rochas, encontrei um riacho não muito longe de onde perdi seu cheiro e examinei a floresta que escurecia. O sol estava baixo no céu, indicando o início da noite.

O que significava que provavelmente corremos nove ou dez horas hoje.

Riley devia estar exausta, especialmente se estava entrando no cio.

Precisava encontrá-la antes que ela se machucasse. Ômegas não eram necessariamente frágeis; eram apenas pequenas. Mas Riley não estava cuidando de sua loba de forma adequada. Isso ficou evidente com sua transformação.

Eu só não tinha percebido a extensão do dano até que o cheiro dela mudou.

Merda de supressores.

Pelo menos respondeu a muitas perguntas.

Embora tenha inspirado várias outras.

Saia, saia de onde quer que você esteja, pensei, examinando a área à beira d'água.

Meu lobo podia senti-la por perto. Ela não se movia.

Estava perto da água, talvez até dentro, para mascarar seu cheiro.

O que significava que ela estava se escondendo em algum lugar.

Uma loba muito esperta, pensei. Minha besta também parecia satisfeita, seus instintos inspirados pela caça.

Ele via isso como um teste. Uma maneira de provar seu valor como companheiro em potencial.

Nossos animais nunca permitiam que emoções ou fatores externos influenciassem uma decisão. Quando meu lobo queria algo, ele pegava.

E agora, ele queria Riley.

Eu não iria deixá-lo reclamá-la abertamente, mas daria liberdade a ele para seduzir sua loba.

Então ronronaria quando ela aceitasse minha besta.

Supondo que a propensão para a desobediência de Riley não interferisse no ritual de cortejo.

É Riley. Claro que ela vai se rebelar.

Quase bufei.

Mas então outro pensamento me ocorreu.

Um que azedou meu estômago.

É por isso que ela sempre foi rude comigo? Porque sou um Alfa do X-Clan? Essa é sua maneira de me dizer que não me considera digno dela?

Meu lobo bufou em desacordo, claramente ciente da dúvida que me veio à cabeça. Ele não duvidava de nada. Podia sentir o cheiro do interesse vindo de seu animal.

Ela nos quer, ele estava dizendo. *Agora vamos encontrá-la e dar o nó a ela.*

Soltei as rédeas, permitindo que ele dirigisse a caça.

Se Riley me achava indigno, era porque ela não me deu chance de provar meu valor. Então eu deixaria meu lobo falar por mim através de ações ao invés de palavras.

Eu nunca tinha perseguido uma companheira antes.

Estive muito ocupado atuando como executor de aluguel. O que acabou me levando à posição de guarda-costas de Riley.

Foi o destino? Talvez.

Ou nossos caminhos se cruzarem tenha sido apenas um acaso.

Independentemente disso, discutiríamos o futuro. Mesmo que esse futuro incluísse ajudá-la nesse estro. Porque ela precisaria de um nó em breve e o meu era o único disponível.

Kieran não está aqui, pequena, pensei, satisfeito. Porque eu tinha visto seus sorrisinhos sedutores e o jeito que ele a fazia rir.

Merda de Príncipe Alfa.

Esse título não o tornava membro da realeza. Era apenas uma designação formal que os lobos do V-Clan usavam para suas posições Alfa do Território.

Eu poderia ser o Alfa de um Território, para um bando do X-Clan. Eu tinha idade, era forte, rápido e inteligente o suficiente.

Mas nunca tentei ingressar em um território ou clã, porque preferia meu chamado como executor.

Se Riley queria um *príncipe*, talvez Kieran fosse a melhor escolha. Ele certamente tinha a arrogância de um rei.

Pensar em Kieran e em como Riley poderia preferir o nó dele ao meu fez meu lobo rosnar, sua irritação tanto comigo quanto com a ômega que estava se escondendo dele.

A dúvida era uma emoção que minha besta se recusava a entreter. Ele tinha certeza de sua busca.

Era o homem em mim que questionava tudo por causa do comportamento bizarro de Riley.

O que era irritante, porque eu não costumava

questionar coisas. Nunca. Mas aquela mulher me deixou em conflito sobre cada decisão devido ao seu comportamento malcriado.

Tudo porque ela está escondendo seu status de ômega.

Esse era o cerne de tudo: ela não queria que eu descobrisse.

Bem, agora eu sei. E vou te encontrar.

Ela estava por perto. Eu podia sentir sua presença. Seu calor. Sua *necessidade*. O cheiro dela me envolvia como um manto entorpecente, me levando ainda mais rio acima.

Meu lobo desacelerou, mudando seu foco para as pedras maiores ao longo da borda. O tipo de formação rochosa dentro da qual uma loba pequena poderia se esconder.

Ele rondou no topo das rochas e se deitou.

Então rosnou.

Um pequeno gemido baixo veio de debaixo das pedras. *Riley*.

Outro estrondo saiu do meu peito, fazendo-a sair para a água.

Seus olhos encontraram os meus.

Eu soube, quando seu corpo estremeceu, que ela estava prestes a correr, e meu lobo reagiu antes que ela pudesse dar mais que um passo.

Nós *atacamos*.

Rolamos.

Rosnamos.

E prendemos nossa ômega na beira da água.

Ela estremeceu embaixo de nós, outro daqueles gemidos saindo de seu focinho.

Você é nossa agora, pequena, pensei para ela, quanto meu lobo rosnava de novo, desta vez em advertência. *Se transforme ou vou te fazer se transformar.*

Ela expôs a garganta, sua barriga já tocando a minha.

E começou a transição de volta para a forma humana.

Me equilibrei sobre ela com as patas em cada lado de sua cabeça, não querendo correr o risco de machucá-la ou sufocá-la com meu peso. As pedras debaixo de seu pescoço e ombros eram afiadas e desconfortáveis. Eu a teria agarrado na grama, mas o riacho tornava mais fácil prendê-la.

Uma vez que ela terminou, me juntei a ela, meu lado humano ultrapassando meu animal na metade do tempo dela. *Porque não tenho estrangulado meus instintos com supressores*, murmurei para mim mesmo.

Seus olhos azuis brilhantes encontraram os meus novamente, com uma pontada de fogo espreitando em suas profundezas.

Aqui vamos nós.

— Saia de cima de mim — ela exigiu. No entanto, suas coxas se abriram para permitir que eu me acomodasse entre elas. Porque sim, seu corpo me queria, como evidenciado pela umidade que agora revestia minha virilha. Uma umidade que não tinha nada a ver com a água rasa debaixo de suas pernas.

Ignorei seu comando e dei o meu próprio.

— *Comece a falar.*

Era uma ordem que não deveria ser muito difícil para Riley seguir, já que a mulher geralmente não tinha problema em falar o que pensava.

No entanto, agora, de todos os momentos, ela escolheu permanecer em silêncio.

E me encarar furiosa.

Ao mesmo tempo, pressionando meu pau com um convite óbvio para transar.

Um que eu aceitaria *depois* de discutirmos suas travessuras.

— Riley — rosnei, garantindo que ela entendesse que

eu não estava com humor para ser desobedecido. Não com seu corpo doce e molhado embaixo de mim. — Estou a cinco segundos de dar o nó em você, ômega. Me explique como isso é possível.

Eu já conhecia a causa: *supressores*.

O que eu queria era que ela explicasse o *porquê*.

Ela engoliu em seco, um pouco do fogo morrendo em seu olhar.

Semicerrei os olhos.

— Responda. Me diga por que você tomou supressores. — Talvez informá-la sobre o que eu já sabia a ajudaria a se abrir.

— Eu... eu queria uma vida... — As palavras baixas não eram as que eu esperava ouvir, me fazendo franzir a testa. Eu nunca a tinha ouvido falar naquele tom antes. Isso a tornava muito mais *ômega*.

E não tinha certeza se gostava disso.

Riley era toda proeza mal-humorada, o que eu admirava.

Eu não a queria mansa e submissa. Eu simplesmente queria a *ela*.

— Eu queria *viver* — ela continuou com um pouco mais de força, uma parte sua parecendo se encaixar novamente. — Ser mais que uma procriadora de filhotes.

Arqueei as sobrancelhas.

— Mais que *o quê*?

— Você me ouviu — ela respondeu, os olhos azuis brilhando como fogo líquido mais uma vez.

Aí está minha garota, pensei. *Continue falando*.

— Sou mais que apenas minha designação. Mas tudo o que vocês, alfas, veem é uma ômega em quem podem dar o nó. E eu queria mais.

Bem, *isso* me fez grunhir.

— Vejo muito mais que uma ômega em quem posso dar meu nó — informei a ela.

— Ah, é mesmo? — Ela pressionou contra mim, seu centro liso umedecendo meu pau com uma excitação quente. — Você não estava a cinco segundos de me dar seu nó, *alfa*?

— Você está entrando no cio. — Eu não conseguia manter o estrondo fora da minha voz. — Então, sim, vou te dar meu nó.

— Sem qualquer consideração pelos meus desejos?

— Você está me recusando? — questionei em resposta, jogando seu próprio jogo e movendo meus quadris de uma forma que me permitiu esfregar seu clitóris carente. — Quer entrar no cio sozinha?

— Por que acha que fugi? — ela perguntou.

— Porque sua loba queria testar o meu. — Me movi contra ela novamente, amando a forma como seus mamilos eriçavam contra meu peito em resposta. — E agora ela sabe que sou um companheiro digno. É por isso que você está quase ofegante embaixo de mim, Riley. Você quer meu nó.

Ela rosnou em resposta.

— Vou entrar no cio depois de mais de uma década sem sexo. Eu aceitaria qualquer nó agora.

Semicerrei os olhos.

— *Qualquer nó?*

— Foi o que eu disse, alfa. Sou uma ômega. Qualquer nó serve. Então, sim, estou reagindo ao seu.

Voltei a ficar de joelhos entre suas pernas abertas, surpreso com sua declaração insensível.

Desejei esta fêmea por meses.

No entanto, ela basicamente disse, *suponho que sim, já que não tenho outra escolha*.

Depois de tudo que fiz por ela. Protegendo-a.

Escolhendo a vida dela em vez da minha. Colocando-a em primeiro lugar a cada passo do caminho.

E ela me agradece insinuando que só está reagindo ao meu nó porque está entrando no cio e eu sou o único disponível?

Que. Merda.

Passei no teste da sua loba. Provei minhas habilidades e valor por meses.

Se ela não me achasse digno o suficiente para mais que apenas meu nó, então eu não o daria a ela.

— Certo. — Me afastei e me levantei.

O que, é claro, atraiu seu olhar para o meu pau que pulsava.

Mas de jeito nenhum eu ia oferecê-lo agora. Não depois *daquele* insulto.

Qualquer nó.

— Farei um lugar seguro na cabana para o seu cio. Ou você pode ficar aqui e cuidar de si mesma. — Eu não iria amarrá-la a uma cama e forçá-la a aceitar meu nó.

Não era esse tipo de alfa.

Alguns teriam apenas a tomado e exigido sua súplica. Mas eu queria minha fêmea quente e disposta, não me *aceitando por não ter escolha.*

Talvez fosse a minha influência do V-Clan. Porque meu pai não foi assim com minha mãe. Ele, junto com outros três, a havia tomado durante um de seus cios. Então eles lutaram pela chance de acasalar com ela.

O que levou à sua morte.

E minha mãe foi salva por seu companheiro atual.

Então, sim, pegar uma ômega contra a vontade dela era meio que um limite sensível para mim, considerando que foi assim que fui concebido.

Riley saberia disso se tivesse tentado conversar comigo.

Mas não. Ela me recusou por razões que eu não entendia.

E agora, eu não tinha certeza se queria saber.

Qualquer nó.

Sim.

Boa sorte com isso, doutora.

— Divirta-se na floresta — falei e comecei a caminhar de volta para as cabanas.

Não havia nenhuma ameaça aqui agora. Riley ficaria bem. E se ela decidisse ir mais fundo na floresta, eu a rastrearia e ficaria por perto para protegê-la.

Porque esse era o meu trabalho.

Mas assim que a levasse para a base, pediria uma transferência.

Que se danasse isso.

E ela que se danasse também.

Em algum lugar da Carolina do Norte

Espera, é isso?

Fiz uma careta.

Inclinei a cabeça para trás e vi que Jonas se afastou, com passos silenciosos.

Que merda é essa?

Me sentei, molhada da porcaria do riacho e outras coisas.

Ele foi embora.

Minha loba rosnou dentro de mim, furiosa.

Mas ela não estava brava com ele. Estava com raiva de mim.

Ela pode não ter entendido as palavras, mas entendeu que insultei seu alfa escolhido. *Eu aceitaria qualquer nó agora.*

Tudo bem. Isso não era justo. Nem era verdade. Eu acabaria alcançando esse estado durante o estro, e era por isso que odiava entrar no cio, mas ainda não estava perto desse ponto. Eu poderia escolher agora.

E sim, eu o escolheria dentre todos os alfas que eu conhecia.

Só estava chateada com a situação. Aborrecida por ele ter me pegado. Descontente por ter gostado de *como* ele me pegou. Contrariada com a facilidade com que estava cedendo a ele. Chateada por estarmos no meio da floresta, longe dos meus laboratórios e dos meus supressores.

Aborrecida por uma parte de mim estar agradecida por tudo o que foi dito acima.

Grata por ser Jonas e mais ninguém.

Grata por estarmos *sozinhos*.

Estou fodida, pensei, me curvando como uma bola de lado quando uma pontada atingiu meu baixo-ventre. *O que estou fazendo?*

E o que ele está fazendo?

Ele tinha acabado de me deixar aqui.

Que tipo de alfa deixava uma ômega sozinha quando ela estava prestes a entrar no cio? Ele já deveria estar transando comigo, me levando muito mais perto do limite da minha insanidade iminente.

Não indo embora.

Alfas não davam escolhas as ômegas. Eles pegavam o que queriam.

Ele não me quer?

Minha carranca se aprofundou. *Não, ele me quer sim.* Vi a evidência disso entre suas coxas grossas.

Ele se afastou por orgulho, porque insultei seu nó. Eu *o* insultei.

A maioria dos alfas teria me tomado em resposta, me dito para me comportar, aceitar e aproveitar. Provariam suas proezas e o tamanho de seus nós por meio da ação.

No entanto, Jonas me deixar aqui provou um tipo diferente de argumento.

Eu o rejeitei e ele mais ou menos aceitou.

O que o tornava um tipo muito diferente de alfa.

Farei um lugar seguro na cabana para o seu cio. Ou você pode ficar aqui e cuidar de si mesma.

Ele não disse que faria um lugar seguro para *nós*, só para *mim*. Porque ele estava aceitando minha escolha? Ou porque estava com muita raiva para transar comigo?

Alfas irritados eram tipicamente aterrorizantes, não razoáveis. No entanto, ele estava em fúria silenciosa, me deixando aqui sem um único rugido.

Me sentei com a palma da mão no ventre, enquanto minhas entranhas se revoltavam novamente. Não perdi essa sensação.

Soltando um suspiro, tentei me levantar e oscilei um pouco. *Estou bem. Está tudo sob controle.* Dei um passo, mas meu dedo do pé estava preso em uma das pedras.

Deixei escapar um grito quando caí de volta no riacho, mal conseguindo apoiar as mãos antes de cair de cabeça em uma pedra.

— *Merda*! Essa porcaria dói! — Meu joelho estava sangrando. E meu dedo do pé doía por tropeçar na pedra. Eu tinha sido muito mais graciosa em quatro patas. Mas não poderia me transformar de novo agora. Estava exausta. Com muita fome. Muito *fraca*.

O que só me irritou ainda mais.

Eu odiava me sentir fraca. Isso era parte do motivo pelo qual eu desprezava ser ômega. Parte do que eu não suportava sobre o meu *calor*. O cio me deixava vulnerável e carente, duas características impostas a mim por nascimento.

Lutei muito para não ser nenhuma dessas coisas.

No entanto, aqui estava eu, praticamente rastejando até a beira da água porque não conseguia nem ficar de pé.

Meu queixo tremeu com vontade de chorar, o que só

me enfureceu ainda mais. E isso fez com que as lágrimas embaçassem minha visão.

Eu odeio tudo.

Toda essa crise de autopiedade não era meu modo habitual de agir. Eu não lidava com as coisas desse jeito.

Ou talvez eu fosse assim.

Talvez o lado que eu escondia por mais de uma década estivesse sendo colocado para fora agora.

Finalmente cheguei à beira da água e me arrastei até a margem gramada. *Se recomponha, Riley. Você é mais forte que isso. Você é melhor que isso.*

Mas era difícil me sentir *forte* e *melhor* quando minhas entranhas pulsavam com *necessidade.*

Eu deveria ter deixado Jonas me comer, não insultá-lo e afugentá-lo. Embora, se eu fosse honesta comigo mesma, minha intenção não era *expulsá-lo.* Queria enfurecê-lo para que ele transasse comigo com raiva. O que teria me permitido odiá-lo mais tarde.

No entanto, ele não fez isso.

Em vez disso, ele me deixou, algo que nenhum alfa de meu antigo bando jamais teria feito.

Jonas não é como aqueles alfas, lembrei a mim mesma.

Era algo que eu meio que suspeitava, já que ele sempre foi quieto e observador, em vez de dominador e autoritário. Ele teve seus momentos com os últimos traços, mas que só pareciam surgir quando estava no modo protetor.

Nunca *possessivo* ou cruel. Apenas um guarda atencioso.

E eu o insultei de uma forma que nunca pensaria em insultar qualquer outro alfa.

Que merda há de errado comigo?

Eu sabia a resposta. Era mais retórica que qualquer coisa. Apoiei a testa no chão e suspirei.

Levante-se, Riley.

Levante-se.

Caminhe de volta para as cabanas.

Se desculpe.

E aceite sua oferta de segurança.

Meus braços tremiam quando me forcei a levantar do chão. Um leve gemido saiu da minha boca quando finalmente encontrei meu equilíbrio, enquanto sentia dor nas canelas e joelhos por tê-los arranhados.

E aquele gemido se transformou em um suspiro agudo quando encontrei Jonas encostado em uma árvore, me observando.

Nu.

Claro que ele estava nu. Ele estava nu em cima de mim, tipo, cinco minutos atrás. Eu ainda estava nua também.

Mas ele não parecia interessado na minha nudez. Seu olhar estava em minhas pernas, analisando meus ferimentos.

Ele ainda estava excitado, assim como eu, mas não fez nenhum movimento para caminhar em minha direção.

— Decidiu se vai ficar aqui ou voltar para a cabana? — ele perguntou, seu tom não revelando nada.

— C-cabana — gaguejei.

Ele assentiu.

— Boa escolha.

Ele se afastou da árvore, mas ao invés de vir em minha direção, começou a seguir na direção da cabana.

Fiz uma careta. Ele tinha ido embora quando olhei para cima antes. Voltou quando me ouviu cair? Por que não me ajudou a sair do riacho?

Deve ter achado que eu merecia me levantar por conta própria.

O que, sim, depois do jeito que falei com ele, eu provavelmente merecia.

Na verdade, eu merecia coisa muito pior pela maneira como o tratei até agora. Nunca fui gentil com ele. Mas não era porque eu não gostava dele. Eu só... não queria que ele soubesse que eu era ômega, porque sabia que ele tiraria minha escolha e me reivindicaria.

Embora ele tenha provado que eu estava errada quando se afastou sem olhar para trás.

Até que ele voltou... só para me deixar de novo.

Desta vez, fui atrás dele, com seu nome na ponta da minha língua.

Mas meu dedo do pé ficou preso na raiz de uma árvore.

Movi as mãos para proteger a parte superior do meu corpo, mas elas não alcançaram o chão. Em vez disso, pousaram contra os quadris de Jonas quando ele me pegou.

Com meu rosto quase encontrando sua virilha.

Pulei para trás, atingindo de novo a mesma raiz.

Jonas segurou minha cintura e me puxou contra si, com as sobrancelhas arqueadas.

— Se esqueceu de como se mover sobre dois pés, doutora?

Bufei.

— Parece que sim.

— Humm — ele murmurou. — Talvez você deva se transformar.

— Não posso — murmurei. — Vai consumir o resto da minha energia e provavelmente me colocar em um cio imediato.

Ele me encarou por um longo minuto.

— Precisa que eu te carregue? — Seu tom sugeria que era a última coisa que ele queria fazer.

O que, é claro, me fez querer concordar só para irritá-lo.

No entanto, afastei a vontade e balancei a cabeça.

— Posso andar. Devagar.

Ele me observou por mais um segundo, então me soltou.

Quase tropecei pela terceira vez... *ou seria a quarta?* Mas desta vez meu pé tocou o chão, me mantendo firme.

Jonas arqueou uma sobrancelha inquisitiva.

— Estou exausta, tá? — admiti. — E, obviamente, com falta de coordenação.

— Me ofereci para te carregar.

— Em um tom que indicava que não queria fazer isso — respondi. — Então não. Vou andando.

— Por que você tem que ser sempre tão difícil? — ele questionou. — Estou tentando te ajudar, dra. Campbell.

Estremeci com sua escolha formal.

Dra. Campbell.

Não Riley.

— *Caramba.* Tudo o que fiz foi te ajudar — ele continuou. — Ainda assim, você luta comigo a cada passo. Por quê? Você não queria um guarda-costas? Queria lidar com tudo isso sozinha? Ou sou um caso especial? Por que não te vejo agir assim perto do *príncipe Kieran.*

Arregalei um pouco os olhos com o veneno em seu tom quando ele disse o nome de Kieran.

Mas todo o seu discurso me surpreendeu.

Porque era a segunda bronca que ele me dava hoje.

Quem poderia imaginar que o sexy guarda-costas alfa poderia ser tão falador?

Ele continuou a olhar para mim – bem, não, ele estava me *encarando* – enquanto esperava por uma resposta.

Quando eu não disse nada, ele apenas balançou a cabeça e começou a andar novamente.

— Recusei por que meu primeiro instinto foi aceitar — gritei para ele. — Eu estava tentando não ser "difícil". —

Aprofundei a voz nessa palavra final em uma tentativa de soar como Jonas.

Ele fez uma pausa.

— Isso não faz o menor sentido.

— Bem, eu queria aceitar porque sabia que você não queria fazer isso. Senti como se pudesse me vingar. Então *recusei*, na tentativa de ser legal.

Ele se virou para me encarar, seu longo cabelo loiro fluindo em ondas rebeldes ao redor de seu rosto bonito.

— Por que não me diz o que realmente quer sem usar isso como uma oportunidade para ser *legal* ou *vingativa*? — ele sugeriu.

Curvei os lábios para o lado, incapaz de responder. Nunca tive um problema real com ele. Eu só... queria que ele *fosse embora*. Ele era uma complicação com a qual eu não queria lidar, não enquanto lidava com todo o resto.

Mas eu sabia que isso não era justo com ele. No entanto, eu duvidava de que ele entendesse minha desconfiança imediata da situação.

Eu era uma ômega.

Ele era um alfa.

Em sua mente, eu era uma loba que deveria ser cuidada, destinada a carregar seus filhotes, ou os filhotes de outro alfa. Nada mais. Nada menos.

Ele não entenderia meu desejo de ser outra coisa. Nenhum deles entendia.

Jonas soltou um suspiro e passou os dedos pelo cabelo.

— Por que você não pode me respeitar como respeita os outros? — ele perguntou, fazendo-me franzir a testa. — O que fiz para ganhar sua óbvia antipatia?

— Não desgosto de você — comecei.

— Bem, mas é óbvio que também não gosta de mim — ele rebateu. — Então, qual é o seu problema? O que você precisa que eu faça para nos darmos bem?

— Eu... — Não tinha certeza de como responder a isso.

Tudo o que minha loba queria que ele fizesse era montar em mim. Ele estava exalando um domínio enorme agora, o que eu supunha que ele sempre exalava, mas havia algo ainda mais intenso em sua postura e tom agora.

— Você está prestes a entrar no cio no meio da porra da floresta durante um apocalipse — ele disse, um rosnado sutil aparecendo em algumas de suas palavras. — Vai ser preciso um grande esforço para protegê-la no meio disso.

Um nó se formou na minha garganta, tornando difícil engolir.

— Depende da sua versão de proteção.

Ele me deu um olhar que sugeria que minha resposta estava errada.

— Proteção sendo uma barricada na merda da toca, ouvindo você implorar por um nó e lutando contra qualquer coisa que responda a esse grito — definiu. — Enquanto também luto contra o desejo de atender à sua exigência de *qualquer nó serve*.

Vacilei. Sim, eu merecia aquela farpa. Mas não significava que eu gostava.

— E depois, tenho que te acompanhar até a base.

— Qual base? — perguntei.

— Forte Bragg — ele respondeu. — Só percorremos oito quilômetros hoje, então são pelo menos mais trezentos quilômetros daqui. Talvez mais.

Eu conhecia o Forte Bragg.

Mas não era uma instalação do Centro de Controle e Prevenção de Doenças.

Quase perguntei para onde íamos depois, mas Jonas não havia parado de falar.

— Isso significa que temos cerca de duas semanas juntos, doutora. Ninguém virá nos buscar. Não há outro alfa para te proteger. Então me diga o que você precisa para fazer com que as coisas deem certo, e eu farei isso. — Ele parecia tão derrotado quanto exausto. E não exausto do tipo cansado, apenas... cansado de mim. De minhas travessuras. Minha grosseria.

O que ele tinha todo o direito de sentir.

Fui hostil com ele desde o começo.

— Não desgosto de você — repeti.

Ele grunhiu, mas não disse mais nada. Tudo o que ele fez foi cruzar os braços e olhar para mim. *Esperando.*

— Não queria que você descobrisse o que eu sou — finalmente admiti. — Você é um alfa. Você toma. E não quero ser reivindicada.

Ele deu outro grunhido.

— É isso que estou fazendo agora, doutora? Estou te *reivindicando?*

— Bem, não. Ainda não. Mas...

— Você não sabe nada sobre mim, dra. Campbell. Nem nunca tentou me conhecer. — Ele baixou os braços quando deu um passo em minha direção. — Se eu quisesse transar com você, tudo que teria que fazer é rosnar. Eu faria você chorar de joelhos em segundos.

Engoli em seco, parte de mim esperando que ele provasse seu ponto fazendo exatamente isso.

O que tornaria isso muito mais fácil.

No entanto, o gelo cobrindo seus olhos azuis me disse que era a última coisa que ele queria fazer agora.

— Não haveria tomar, apenas receber — acrescentou.

Ele parou a apenas alguns metros de distância de mim.

Eu não tinha certeza do que dizer a ele. Porque ele estava certo. Um rosnado e eu estaria implorando para ele me comer.

— Sempre fui profissional com você, porque levo meu trabalho a sério — ele disse depois de um momento desconfortável. — Isso não vai mudar agora. Precisa que eu te carregue, dra. Campbell?

— Por favor, pare de me chamar assim — pedi, odiando a forma como a formalidade saía de seus lábios. Era quase um insulto neste ponto.

— Responda à pergunta, doutora.

Isso não foi nada melhor.

No entanto, sua expressão me disse que isso não estava em debate.

Soltei um suspiro e decidi que ele merecia uma resposta honesta.

— Não comi hoje. Meu corpo está passando por... *mudanças*. E estou cansada. Então, embora eu pudesse andar, seria muito mais lento que você.

Eu odiava admitir tudo isso.

Mas era verdade.

— E... — Fiz uma pausa, me preparando mentalmente para dar voz ao resto da minha resposta. — E não acho que agora é um bom momento para eu ser teimosa. Portanto, posso não precisar ser carregada, mas gostaria de ser. Por favor.

CAPÍTULO 7

JONAS

ESSA DEVE SER a resposta mais civilizada que a dra. Riley Campbell já me deu.

— Tudo bem. — Cruzei a distância entre nós. — Estilo nupcial ou andar de cavalinho?

Ela bufou.

Arqueei uma sobrancelha.

— Responda à pergunta, doutora.

Ela revirou os olhos e balançou a cabeça.

— Estilo nupcial, *alfa*. Você pode fingir, certo?

— Fingir o quê? — perguntei, pegando-a enquanto falava. Precisávamos voltar para que eu pudesse montar a toca. E preferia fazer isso antes que o sol desaparecesse por completo.

— Que estamos apaixonados? — ela sugeriu quando comecei a andar. — Que estamos fazendo a corte? Que estamos saindo? Seja o que for que devemos fazer antes que você me dê o nó por uma semana.

Eu grunhi.

75

— Não vou te dar meu nó, ômega.

Ela riu.

— Ah, tá.

Parei e olhei para ela.

— Você está ciente que alfas podem controlar seus instintos de cio, certo?

Ela me deu um olhar que me disse que não sabia disso.

— Nenhum alfa quer controlar seu cio.

— Eu não disse que *querem*, doutora. Mas sim que *podem*. — Retomei a caminhada, olhando para o nosso entorno.

— Nunca vi um alfa controlar seus impulsos. Não é possível.

— Bem, você está prestes a me ver controlar o meu — informei a ela de forma categórica. O mais forte de nossa espécie possuía a capacidade de manter o controle o tempo todo, mesmo quando testado por uma ômega necessitada.

Ela podia não ter percebido, mas eu era um alfa forte. Um alfa *muito* forte.

— Quase quero fazer uma aposta — ela comentou, provando sua ignorância e me insultando mais uma vez.

Em vez de apontar seu insulto, apenas murmurei:

— Você perderia.

— Tão confiante.

Não respondi. Ela podia fingir saber o que quisesse. Eu provaria que ela estava errada por meio de minhas ações, o que significava mais que palavras.

— Você não estava dizendo que estava a cinco segundos de me dar seu nó? — ela perguntou depois de vários minutos de silêncio.

— Você não disse que não queria ser *difícil*? — contra-ataquei. — No entanto, está me provocando agora. Alguns diriam que está sendo difícil, doutora.

— Porque você passou de dizer que ia me dar um nó

em cinco segundos para dizer que não vai me dar nó de jeito nenhum. Só estou apontando a contradição, *alfa*.

Ela continuou jogando o título para mim como se fosse um insulto.

Eu nasci alfa. Abracei isso. Só porque ela via ser ômega como fraqueza ou algo a esconder, não significava que eu sentia o mesmo sobre minha designação na vida.

— Você não para de falar sobre controlar impulsos — ela continuou. — Mas estava pronto para me dar o nó no riacho.

— Sim. Quando pensei que sua loba queria o meu lobo — respondi, acelerando o ritmo porque eu queria terminar essa conversa. E a única maneira de fazer isso seria deixando-a em uma cabana e trancando-a na porra de um quarto.

— E agora? — ela pressionou, porque era óbvio que ela não sabia quando parar. — Não quer mais me dar o nó? — A cadência provocante em seu tom me fez tensionar a mandíbula.

Isso tudo é um jogo para ela?

Ou ela estava tentando me incitar a provar algum tipo de ponto, me fazendo transar com ela?

— O que está tentando fazer aqui? — perguntei a ela, cansado desses jogos de palavras. Eu não gostava de falar em um bom dia. E hoje estava longe de ser bom.

— Que você queria me dar o nó e que ainda vai querer fazer isso — ela afirmou. — Eu aceito porque é assim que nossos lobos funcionam. Então, se não conseguir manter o controle, vou entender.

Grunhi de novo.

— Vou ficar bem. — No entanto, ela não ficaria. Sentiria dor e me faria sofrer não poder ajudá-la, mas eu não seria *um nó qualquer* para ela.

— Sério, Jonas. Não preciso que você prove seu controle para mim. Tudo bem.

Parei novamente para encará-la, cansado dessa conversa.

— Isso é mais que provar meu controle, ômega. Você deixou bem claro que não me quer. E tudo bem. Aceito sua rejeição. E é por isso que não vou dar meu nó em você.

Ela empalideceu.

— Não te rejeitei.

Balancei a cabeça e recomecei a andar. Esta era a caminhada mais longa da história das caminhadas.

— Não te rejeitei — ela repetiu. — O que eu disse é que estou prestes a entrar no calor. Reagirei a qualquer nó. Isso é biologia, Jonas.

— Certo — concordei. — Qualquer nó. — Não o *meu*. Mesmo que sua loba tenha desafiado o meu lobo e eu tenha vencido esse desafio.

No entanto, a fêmea não via dessa forma.

Ela não me queria. Nem me *conhecia*. Deixou claro desde o início de nossa relação de trabalho que não queria nada comigo.

Queria convencê-la do contrário. Embora agora eu não quisesse meu nó perto dela.

Porque eu me recusava a ser *qualquer nó*.

Talvez meu ego tenha desempenhado um papel na minha decisão, ou meu lobo ferido fosse a causa, mas de qualquer forma, não mudaria de ideia.

Riley ficou quieta por tanto tempo, que me perguntei se ela teria desmaiado. Mas um olhar para baixo me mostrou um belo rosto com grandes olhos azuis. Ela estava me encarando de um jeito que nunca tinha me olhado antes. Como se finalmente tivesse percebido que eu era um homem.

Afastei o olhar e me concentrei na floresta, precisando levá-la de volta para a cabana.

Seu cheiro foi ficando mais doce a cada segundo que passava, sua genética ômega chamando a besta dentro de mim. Meu instinto de reivindicá-la me atingiu com força, especialmente por causa do joguinho que sua loba tinha jogado com meu animal.

Eu ganhei, ele ficava dizendo. *Minha*.

Exceto que a metade humana da metamorfa não nos queria.

De repente, senti sua mão acariciar meu queixo, as pontas dos dedos roçando minha barba por fazer. Me afastei de seu toque, por instinto, enquanto meu lobo rosnava por dentro.

Ela se encolheu e afastou a mão.

— Me desculpe.

— Não teste meu controle — resmunguei por entre dentes cerrados. — Você não vai gostar das consequências. — Não porque eu lhe daria meu nó, mas porque a disciplinaria.

Trancando-a na porra de um quarto para sofrer sozinha.

O que, na verdade, eu já ia fazer, mas poderia pelo menos tentar ajudar ronronando para ela. Supondo que meu animal permitisse isso neste momento.

— Não estou tentando testar seu controle — ela retrucou. — Eu só... eu queria te tocar.

— Você não tem o direito de me tocar, doutora.

Ela soltou um grunhido descontente, fazendo com que meu lobo se levantasse e prestasse atenção. Ele gostou bastante daquele som.

— Não te rejeitei, *alfa*. Mas admito que o *insultei*.

Tudo o que pude fazer foi grunhir em resposta. Eu não ia conversar sobre isso novamente.

— Não quis insultá-lo, Jonas.

Outra declaração indigna de resposta. Quer ela quisesse ou não, tinha feito isso. *Repetidamente*. Por meses.

Um ano.

Tolerei porque vi como um desafio. Agora entendi que não era; era uma ômega rejeitando um alfa.

Eu não seria como meu pai biológico.

Não forçaria uma ômega relutante.

Fui criado por um bom alfa. Ele era um lobo do V-Clan com uma queda pela noite e gosto por sangue, mas também era um homem forte. Um alfa *honrado*.

Ele ainda protegeu minha mãe, vivendo de forma pacífica no Território de Sangue.

Bem, de forma tão pacífica quanto possível durante este período turbulento.

Mas a segurança dela foi o que me permitiu explorar outras opções. Viver fora do ninho. Caso contrário, teria me sentido compelido a ficar em casa para proteger minha mãe.

Nenhum deles escondeu a história do meu nascimento, ou os eventos que levaram a isso.

Ele reivindicou minha mãe enquanto eu ainda estava no ventre dela.

Não sabiam o que isso faria comigo.

Mas eu era todo Alfa do X-Clan.

Embora, se eu fosse acreditar em Riley, isso significaria que eu não tinha controle. Então, ei, talvez eu tenha *herdado* esse "poder" do companheiro de minha mãe.

— Você está bravo mesmo — Riley se maravilhou. — Acho que nunca te vi bravo antes.

Foi preciso contenção física para não reagir a esse comentário estúpido. Se ela estava me provocando de propósito ou não, eu realmente não sabia. Parecia que tudo o que Riley fazia era tentar me irritar. Então, por que agora seria diferente?

Ela ficou quieta, me dando alguns minutos de silêncio feliz.

Até que de repente estremeceu contra mim.

Quase a deixei cair quando ela passou os braços ao redor do meu abdômen e um gemido escapou de seus lábios, indicando que Riley estava com dor.

Ela fechou os olhos enquanto tentava respirar.

Um suspiro ficou preso na minha garganta, meu lobo consciente de seu estado atual. Ela ainda não estava no cio. Com base em seu cheiro, eu daria talvez doze horas antes que ela enlouquecesse de necessidade.

Mas, ainda assim, seria uma escalada desconfortável para esse estado.

E então pura agonia enquanto ela sofria sem receber um nó.

Não queria reagir. Só queria continuar andando. Infelizmente, minha besta forçou um ronronar em meu peito, um com a intenção de acalmar a ômega trêmula em meus braços.

Ela não parou de imediato, mas sua respiração mudou visivelmente.

Fiquei imóvel, com medo de que ela pudesse estremecer de novo.

No entanto, tudo o que ela fez foi se aconchegar em meu peito, como se estivesse tentando se enterrar na fonte do estrondo.

Com um suspiro, aumentei a intensidade e permiti que o som a confortasse.

O que a fez se aconchegar ainda mais.

— Obrigada — ela sussurrou.

Em vez de responder, voltei a andar.

Só quando chegamos às cabanas, que ela falou:

— Nunca recebi o ronronar de um alfa antes. — Eram

palavras baixas, que soavam quase grogue. — Também nunca recebi um nó.

As confissões não me surpreenderam. Reivindicação normalmente vinha com um nó, o que explicava muito sobre sua hesitação no que dizia respeito aos alfas.

Mas falei sério quando falei sobre o controle. Havia alfas que podiam controlar seus instintos de cio. E eu era um deles.

Seus *insultos* certamente ajudaram porque, ainda que meu corpo estivesse pronto para assumir, minha mente estava dizendo: *de jeito nenhum*.

Ela continuou a me acariciar enquanto eu caminhava até a cabana que eu havia identificado anteriormente como tendo mais suprimentos dentro. Também tinha uma porta externa pesada, que seria útil para bloquear intrusos. As janelas sem vidro seriam um problema, mas eu ia consertar isso.

Assim como eu iria mexer no gerador nos fundos para ver se poderia fazer algo com relação aos serviços públicos. Pelo que vi, parecia haver painéis de energia solar. O que significava que poderia ter energia ali.

Usei a bota para abrir a porta, com meus ouvidos atentos a tudo ao nosso redor mais uma vez. Mas estava tão silencioso quanto antes e meu nariz apenas captou o cheiro doce de Riley e nada mais.

Seria necessário fazer uma varredura completa da área mais uma vez, porque havia uma boa chance de o cheiro ômega estar obscurecendo toda e qualquer ameaça em potencial.

Quanto mais rápido eu me afastasse dela, melhor.

Então a carreguei para dentro de casa, subi as escadas para um dos dois quartos e a coloquei na cama.

— Não há água corrente, mas há uma bomba no poço perto do gerador. Vou ver o que posso fazer. Se quiser roupas, tem várias opções no armário. E tem comida enlatada lá embaixo. — Não falei mais nada além disso, apenas me virei para sair.

—Jonas...

Parei no limiar, mas não olhei para ela.

— Sim?

— Eu realmente não desgosto de você — ela disse, repetindo suas palavras de antes. — Me desculpe por ser rude. E por desrespeitar você.

Travei o maxilar enquanto tentava pensar no que dizer sobre isso.

Embora tenha apreciado o pedido de desculpas, não tinha certeza se o aceitava.

Por suas ações anteriores, ela podia estar apenas tentando ver se poderia me persuadir a perder o controle e dar meu nó, para usar isso contra mim mais tarde.

Parecia algo que ela poderia fazer.

Então, em vez de responder, dei um breve aceno de cabeça.

E saí.

Eu tinha um esconderijo e uma ômega para proteger. Isso era o que mais importava agora. E não poderia realizar nenhuma dessas coisas ficando naquele quarto, conversando sobre as coisas.

Ela poderia cuidar um pouco de si mesma.

Enquanto eu cuidava de todo o resto.

CAPÍTULO 8
RILEY

ANDEI PELA COZINHA, frustrada.

Não tinha nada a ver com as ofertas de comida, eu já esperava suprimentos mínimos, mas sim com a ausência de Jonas.

Ele me deixou *horas* atrás. Estava escuro agora. Só podia ver por causa da minha visão de loba. Mas esses mesmos sentidos vinham com olfato e audição aprimorados, e eu não conseguia sentir o cheiro dele, nem ouvi-lo.

Ele havia desaparecido.

Quando saí do quarto há mais ou menos trinta minutos, só consegui sentir um leve toque de seu cheiro, sugerindo que ele havia saído da cabana há um tempo.

Para onde? O que ele está fazendo? Está me punindo? Ou esta é a versão dele de controle: escapar da ômega no cio?

Sua fúria foi palpável. Eu sabia que tinha ultrapassado certos limites, mas não percebi o quanto ele estava bravo até que o enfrentei.

No entanto, ele ronronou para mim.

Mesmo furioso, cuidou de mim.

Porque ele está sempre cuidando de mim. Mesmo antes de saber que eu era ômega, ele já estava lá, me protegendo e cuidando das minhas necessidades.

Esse era seu trabalho. Mas ele o levou para outro nível. Me tratou como se eu fosse sua.

O que era parte do motivo de eu ter sido tão hostil com ele. Não queria ser possuída, reivindicada ou cuidada por um alfa.

Eu queria liberdade.

E Jonas tinha acabado de me dar em uma bandeja de prata.

Não vou te dar meu nó, ômega.

Achei que ele estava brincando. Que alfa poderia resistir a uma ômega no cio?

Mas a maneira como ele se encolheu quando tentei tocá-lo, algo que fiz inconscientemente, falou muito sobre sua seriedade.

Ele realmente não queria me dar seu nó.

Seu corpo estava pronto antes, e ele até disse que estava prestes a me dar o nó, mas tudo mudou no momento em que me deixou na beira da água.

Porque até aquele ponto, ele pensou que minha loba queria o lobo dele.

Que foi quando ele pretendeu me dar o nó.

Mas reagi como resultado desse desejo de minha loba. Eu odiava o quanto isso me deixava fraca. E o ataquei da pior maneira: ferindo seu ego alfa.

No entanto, essa raiva parecia ir muito mais fundo.

Ele alegou que eu o rejeitei. Corrigi a ideia, mas não ajudou.

Porque a verdade era que eu realmente o havia

rejeitado. Por meses. Eu tinha sido uma vaca com ele, porque não tinha apreciado como ele me fazia sentir.

Não queria nenhum tipo de relacionamento com o alfa que havia provocado minha ômega interior.

E, como resultado, fui rude, cruel e mesquinha.

Então, sim. Eu o rejeitei.

Repetidamente.

Tudo para fugir da verdade de realmente desejá-lo.

— Bom trabalho, Riley — disse a mim mesma.

Como ponto positivo para a situação, não precisava me preocupar que ele fosse me reivindicar.

No entanto, agora eu meio que queria que ele fizesse isso. Porque ele era um companheiro digno.

Ele provou ser diferente de qualquer outro alfa que já conheci. E eu o afastei com base no meu passado, ignorando todo o presente e o futuro diante de mim.

Apoiei os antebraços no balcão da cozinha e me inclinei para pressionar a testa contra a superfície de mármore. Não estava gelada, mas morna. Assim como toda a cabana.

Escolhi um vestido de verão por causa do calor. Nada mais. Tinha alças finas, decote baixo e terminava no meio da coxa.

Eu tinha certeza de que era de uma criança.

Mas eu tinha um metro e cinquenta e cinco, e precisava de roupas menores por causa do meu tamanho ômega.

Um rosnado baixo retumbou dentro de mim, minha irritação voltando à minha mente. Eu tinha sido muito rude com Jonas por algo que não era culpa dele. Que nenhum de nós poderia mudar. Algo que temi toda a minha vida.

— *Você não sabe nada sobre mim, dra. Campbell. Nem nunca tentou me conhecer.*

Jonas tinha razão.

Mas também estava errado.

Eu não sabia muito sobre ele, mas era o suficiente. Ele era um homem de poucas palavras, focado principalmente em suas ações.

E todas essas ações provaram que ele era um bom alfa.

Nem uma vez ele me fez me curvar a ele. Também nunca me colocou no meu lugar, apesar das inúmeras ocasiões em que deveria ter feito isso. Sempre foi cordial e paciente.

— Um dia desses, ele vai te inclinar e acabar com essa desobediência — Kieran brincou uma vez, depois que dispensei Jonas de uma forma não muito educada. — E você vai adorar cada minuto disso.

Zombei da ideia.

— Nós dois sabemos que isso nunca vai acontecer.

— Pelo contrário, *macushla*. — Kieran inclinou a cabeça para o meu ouvido, acrescentando: — *Você* é a única que acha que isso nunca vai acontecer. Mas, algum dia, ele vai descobrir o que você está escondendo. Apenas espere.

— Bem, agora ele sabe — respondi. Não que Kieran pudesse me ouvir.

Mas eu meio que desejava que ele pudesse. Ele teria uma solução para essa confusão.

Embora sua solução seria deixar Jonas me dar o nó.

Merda, ele provavelmente até defenderia que o alfa me reivindicasse.

— Ele cresceu no Território de Sangue — Kieran disse uma vez. — Eu não o conheço bem, mas o Lorcan sim. Os dois parecem gostar de ficar em silêncio juntos.

Me encontrei com o outro homem, Lorcan, algumas vezes de passagem. Ele era um dos guardas de Elite de Kieran. E aterrorizante pra caramba.

Na verdade, não muito diferente de Jonas.

Porque o alfa também tinha aquele jeito taciturno e assustador. No entanto, ao contrário de Lorcan, Jonas tentava ser mais acessível em minha presença. Ele sempre tentou me envolver em conversas educadas.

E eu o rejeitei todas as vezes.

— Porque sou uma pessoa terrível — disse a mim mesma. — *Argh*.

Eu merecia esse castigo.

Merecia ser abandonada. Ser deixada sozinha. Forçada a passar pelo estro sem o toque de um alfa.

Não seria a primeira vez.

Nem a última.

Escolhi esta vida de solidão. Nunca quis um ninho, filhos ou companheiro.

Porque nenhum alfa despertou meu interesse.

Até Jonas.

E foi por isso que eu o afastei. Ele me assustava. Me fazia questionar as coisas. Deixava minha loba ansiosa. Ela o queria. Mesmo agora, ela estava me pedindo para me transformar e ir caçá-lo. Porque ela queria ser reivindicada. Queria seu ronronar. Seu toque. Seu nó.

Quanto desse desejo é resultado do cio? me perguntei. *Ou essa é realmente a minha vontade?*

Eu poderia admitir que me senti atraída por Jonas desde o primeiro dia em que nos conhecemos. Era difícil ignorar seu belo rosto, cabelo loiro espesso e corpo musculoso.

Ele era o epítome do macho alfa.

Um espécime destinado a ser adorado por minhas mãos e língua.

Mas essa atração era mais profunda que a luxúria. Atingia minha alma.

Nunca entendi como ou por que isso era possível.

Porque os lobos do X-Clan não tinham magia de companheiro predestinado. Nós escolhíamos nossos parceiros.

E eu escolhi não aceitar um alfa.

Caramba, suprimi meu instinto com drogas.

No entanto, isso não impediu minha loba de se sentar e prestar atenção.

Achei que era porque Jonas era um Alfa do X-Clan. Mas eu nunca quis um homem como quis a ele.

Eu achava muitos alfas lindos.

Mas Jonas levou isso a um nível totalmente novo.

Seu controle constante, calma infalível e paciência inexplicável o tornavam muito mais desejável.

Assim como sua exibição de contenção esta noite.

Sua confiança na capacidade de controlar seus instintos de cio.

A maneira como ele me carregou e ronronou para mim, mesmo estando furioso comigo.

Ele era o que um alfa deveria ser: *honrado*.

Eu deveria ir procurá-lo e me desculpar, decidi, ficando de pé.

Comi um pouco depois que ele saiu: só havia alguns alimentos enlatados e biscoitos velhos. Mas foi o suficiente para me dar um pouco de energia.

Mas minhas entranhas ainda estavam se revoltando. Continuei tendo espasmos que me deixaram indefesa por períodos mais longos que eu gostaria.

Eu não tinha sentido um em cerca de trinta minutos.

O que significava que outra pontada era iminente.

Não queria passar por essa dor lá fora, enquanto estava sozinha. Poderia não ter infectados por perto, mas bastava uma rajada de vento na direção errada para mudar isso.

E então eu me tornaria almoço para uma horda de humanos famintos.

A doença havia deixado muitos deles loucos de fome. Seus corpos estavam se deteriorando, mas não morrendo, a doença evoluía para manter o hospedeiro vivo como um cadáver animado.

Era perturbador.

E também parte do problema com nossa pesquisa de cura: os humanos estavam longe demais para serem trazidos de volta.

Era cruel forçá-los depois de um certo ponto, e esse ponto não demorou muito para a infecção inicial.

Meus ombros caíram quando me sentei em uma das cadeiras de jantar da cozinha.

Passei tanto tempo procurando por uma solução, tanto tempo esperando por uma maneira de salvar a humanidade, mas estava ficando mais claro a cada dia que falhei.

Talvez isso não fosse justo. Mas eu me sentia um fracasso de qualquer maneira. E desprezava esse sentimento.

O que tornava esta situação com Jonas ainda pior, porque também falhei com ele.

— Vou sentir pena de mim mesma — murmurei na mesa diante de mim. Era pequena com apenas uma outra cadeira.

Uma cadeira que deveria ter Jonas sentado nela.

Na verdade, não.

Jonas deveria estar transando comigo na cama, no andar de cima. Minha loba bufou dentro de mim, concordando com o pensamento. Mas aquele bufo se transformou em aborrecimento: por minha causa. Porque eu era a razão pela qual nosso companheiro desejado havia partido.

Apertei a palma da mão contra o ventre, desejando que o próximo espasmo me atingisse para que eu pudesse ir encontrar Jonas.

Naturalmente, não veio.

No entanto, eu sabia que no segundo em que deixasse a cabana, as cãibras começariam novamente e me deixariam de joelhos.

Então estou presa aqui por enquanto.

Apoiei a testa na mesa, assim como fiz no balcão, e bufei de aborrecimento.

Não posso ficar sentada aqui.

Precisava ao menos me preparar. Se Jonas tivesse mesmo me deixado aqui para me defender sozinha, então teria que criar uma barricada. Ou uma toca adequada. Porque, em algumas horas, eu estaria descontrolada de necessidade e incapaz de me proteger.

Mas ele disse que me protegeria, pensei. *Será que aconteceu alguma coisa com ele lá fora? Ele mudou de ideia? Está me punindo?*

Eu já havia considerado essa última pergunta. Assim como me perguntei se talvez ele tivesse fugido para assumir o controle de seus instintos de cio. No entanto, ele pareceu no comando de si mesmo antes.

Então, ou algo aconteceu com ele – o que eu duvidava, dado seu conjunto de habilidades e experiência – ou ele decidiu me punir.

O que significava que não tinha ido longe. Apenas o suficiente para eu não ser capaz de sentir sua presença.

Talvez ele tenha ido fazer uma varredura do perímetro, uma que me manteria segura enquanto garantia que eu passasse por isso sozinha.

Idiota, resmunguei. Mas, mesmo considerando o insulto, percebi que ele não estava sendo idiota. Ele estava me dando o que eu queria.

O que significava que era eu quem estava me punindo.

Que apropriado.

Me levantei novamente e comecei a andar.

Eu precisaria de mais lençóis. Água. E talvez uma

coleira. Sem restrições, provavelmente acabaria saindo de casa para encontrar Jonas. Ou outro alfa.

Ou qualquer coisa que pudesse me comer.

É por isso que odeio ser ômega.

Mas, em vez de sentar e pensar sobre isso, eu precisava me preparar.

Eu era uma infectologista renomada.

Poderia lidar com um ciclo de calor.

Só precisava encontrar os suprimentos certos e me trancar em um quarto.

Eu consigo.

CAPÍTULO 9

RILEY

Em algum lugar da Carolina do Norte

Não consigo nãããããoooo.

Vou morrer.

Porque estou pegando fogo.

Me enrolei como uma bola no *closet*, tremendo, apesar do calor que me rodeava.

Escolhi esse espacinho para meu ninho porque me fazia sentir segura. Pelo menos inicialmente. Mas como os tremores continuaram a abalar meu núcleo, comecei a me sentir inquieta e claustrofóbica.

Um gemido baixo escapou dos meus lábios, enquanto minha loba interior implorava por alívio. Não necessariamente sexo, apenas *alguma coisa*. Até um cubo de gelo serviria.

Porque estava muito quente aqui.

Sufocante.

Solitário.

Mas foi o caminho que escolhi. O caminho que eu merecia.

Uma lágrima traiu minha tristeza interior, me fazendo querer rosnar. *Não sou esse ser patético. Sou a doutora Riley Campbell. Não preciso de um alfa. Não preciso de ninguém.*

Mas isso não me impediu de desejar companhia.

E não qualquer companhia, mas a de Jonas.

Respirei fundo, ansiando por seu perfume amadeirado. Sua proteção inerente. Sua presença dominadora.

Ele esteve ao meu lado por meses, sempre olhando para mim, me protegendo. Parecia apropriado que ele tivesse me deixado para me defender sozinha durante meu momento de maior necessidade.

Porque nunca o respeitei.

Nunca o agradeci de forma adequada.

Nem fui legal com ele.

Meus joelhos tocaram meu peito, e o vestido de verão grudou em minha pele. Choraminguei novamente, a umidade entre minhas pernas pegajosa e quente.

Tão quente.

Engoli em seco, sentindo sede. Não consegui encontrar muito para beber. E como Jonas avisou, não havia água corrente.

Esta vai ser uma longa semana.

Felizmente, lobos eram resistentes. Eu poderia sobreviver com pouco ou nenhum sustento. Isso me enfraqueceria de forma severa, mas enquanto eu sobrevivesse, poderia chegar ao Forte Bragg.

Supondo que Jonas não me deixe aqui para morrer, pensei com amargura.

Não. Isso não era justo. Ele provou ser honrado. Ele podia ter ficado com raiva de mim, mas não iria me abandonar a esse destino.

Isso é só uma punição.

Uma forma de me colocar no meu lugar.

Porque ele é um alfa e é isso que os alfas fazem.

Abracei meus joelhos o mais forte que pude, desesperada para parar de tremer. Mas tudo o que fez foi piorar as coisas.

— Riley? — Os tons profundos de Jonas giravam ao meu redor, parecendo vir da noite.

Uma mentira.

Um desejo.

Um sonho febril.

— Riley? — Ouvi a voz mais uma vez, fazendo minha loba choramingar por seu companheiro desejado.

Não é real, eu disse a ela. *É a nossa mente nos pregando peças.*

Eu já havia experimentado isso antes durante um cio. Bem, não exatamente *isso*. Porque não conhecia Jonas em meu último ciclo completo. No entanto, entendi como meu cérebro criava fantasias nesses momentos delirantes.

Uma vez, deixei um beta me comer enquanto imaginava que ele era um alfa. Criei toda uma sensação em minha mente de que ele tinha um nó, quando na verdade não tinha.

Foi excruciante.

E não deixei um beta cuidar de mim durante meu ciclo de cio desde então.

Porque apenas um alfa poderia realmente satisfazer uma ômega durante o estro.

Mas agora, meu alfa escolhido tinha um nome. *Jonas.* Só de dizer isso em voz alta eu ficava tensa. E este era só o começo da histeria.

Inalei, seu cheiro me envolvendo em um mar de felicidade momentânea que eu sabia que iria me afogar na próxima respiração.

Não é real, repeti para mim mesma. *Ele me deixou. Me abandonou aqui. Está me punindo.*

Um sussurro invadiu minha solidão. Minha loba se animou e contorci o nariz quando o cheiro de Jonas tomou conta de mim mais uma vez.

Meu Deus, esse cheiro parece verdadeiro.

Quase podia ouvi-lo se movendo pela casa.

Suas botas na escada.

Meu nome saindo de seus lábios.

Sua mão na maçaneta do *closet*.

Fechei os olhos, imaginando como seria tê-lo acima de mim. Suas íris azuis geladas brilhando na noite. Seu cabelo caindo em torno do rosto em ondas selvagens. Sua barba por fazer. As mãos tocando...

— Riley. — Sua voz caiu para um sussurro.

Diminuindo mais.

Se calando.

Se transformando em um...

Seus dedos roçaram minha bochecha.

E seu ronronar...

Ah, lobos, seu ronronar é o som mais incrível que existe. Tão quente e reconfortante. Tão perfeito.

Me inclinei para o seu toque, perdida neste sonho, perdida para ele.

O estrondo aumentou. Ele moveu os dedos até que a palma de sua mão envolveu a parte de trás do meu pescoço, me proporcionando o domínio que minha loba interior desejava.

Suspirei.

— Jonas.

— Estou aqui.

— Não está — sussurrei. — Mas está tudo bem. Eu entendo.

— Não, Riley. Estou bem aqui. — Ele colocou um pequeno grunhido em seu tom, afastando um pouco do ronronar.

Franzi o cenho e abri os olhos só um pouquinho. Eu esperava que o sonho acabasse. Mas isso não aconteceu. Em vez disso, seu rosto preocupado roubou minha visão.

— Jonas.

— Sim. — Ele deu um aperto na minha nuca e me soltou. — Tive que encontrar alguns suprimentos para ligar o gerador e a bomba. Estão funcionando agora. Devemos ter água em breve.

Ele estava agachado diante de mim.

E parecia estar prestes a se levantar.

Então me joguei sobre ele, para mantê-lo perto, com medo de que ele me deixasse novamente. Com medo de que ele *desaparecesse*.

— Você é real — me maravilhei, enterrando o nariz em seu pescoço. — Ah, luas, você é *real*. — Não conseguia parar de tremer, minha necessidade de me agarrar a ele substituiu todo pensamento e razão.

Isso não foi por causa do meu calor.

Ou talvez fosse.

Não sabia.

Só sabia que precisava *dele*. Não seu nó, mas o homem. *Jonas*.

— Ei — ele murmurou, me envolvendo em seus braços. — Está tudo bem, doutora. Estou aqui.

Balancei a cabeça.

— Você saiu.

— Para pegar suprimentos.

— Para me punir — eu disse, sem ouvi-lo. — Você saiu para me punir. E eu mereci. Eu fui... fui rude. Desrespeitosa. Me desculpe. Eu... estava tentando afastá-lo. Não queria te desejar. Mas minha loba. Minha loba... tive que tomar muito mais supressores para evitar *isso*. Para evitar *você*. Eu... eu... — Não tinha certeza do que mais dizer.

Havia muita coisa pela qual eu precisava me desculpar. Eu só queria que ele ficasse.

— Por favor, fique — sussurrei. — Sei que não mereço isso ou você. Mas... mas preciso de você. — Foi muito para mim admitir. Mas ainda não era o suficiente. — Sinto muito por insultá-lo. Por tudo. Eu só queria te irritar como você me irrita.

Inalei profundamente, me enchendo com seu cheiro familiar. Sua força. Sua *presença*.

Nosso, minha loba parecia cantarolar. *Este macho é nosso.*

Gostaria que fosse verdade, pensei para ela. *Mas ele não é.*

— Eu te irrito? — ele perguntou baixinho.

— Não de propósito — murmurei contra seu pescoço. — Você me deixa louca. Porque a minha loba te quer. Mais do que jamais quis outro lobo. É por isso que meus supressores já estão falhando novamente. Fico tendo que reprimir seus impulsos. E isso... isso me deixou com tanta raiva... de você.

— Porque sua loba me quer.

— E eu — sussurrei. — Eu... eu não quero ser possuída. Não quero que um alfa me diga o que fazer. Quero ser livre. Mas você... você me fez pensar em outros caminhos. Não quero pensar em outros caminhos, Jonas. Quero minha vida. Minha *escolha*.

— E você acha que acasalar com um alfa vai mudar essas escolhas?

— Não quero um filhote. Pelo menos, não ainda. Mas os alfas prendem as ômegas em ninhos. Eles as fazem procriar.

— Alguns fazem isso — ele concordou, esfregando a mão para cima e para baixo nas minhas costas. — Mas nem todos, Riley.

Balancei a cabeça.

— Todos os alfas que conheço fazem.

— Eu não — ele respondeu. — Eu não faço isso.

— Você não está acasalado ainda.

— Por escolha — ele disse, parecendo frustrado. — Você nunca me perguntou sobre meu passado ou por que tomo certas decisões. Como o motivo pelo qual estou te protegendo em vez de assumir o controle de um clã.

Fiz uma careta.

— Por que você me protege?

— Porque prefiro ficar sozinho — ele me disse. — Gosto de proteger os outros, pois é da minha natureza fazê-lo, mas nunca encontrei um bando ao qual gostaria de me juntar. Também nunca considerei tomar uma ômega.

— Mas você disse que ia me dar o nó.

— Porque é você, Riley.

— Porque você percebeu que sou uma ômega — traduzi.

— Não. — Ele envolve a palma da mão em minha nuca novamente, desta vez usando seu aperto para me puxar para trás e olhar para mim. — Quero você há meses. Mesmo quando pensei que você fosse beta.

— Por quê?

Ele deu de ombros.

— Sua determinação. Inteligência. A atitude mal-humorada. Sua dedicação a uma causa. Tudo o que precede.

Olhei para ele.

— Meu lobo deve ter sentido sua designação ômega — ele continuou. — Mas o homem – *eu* – sempre quis você, independentemente de sua herança.

— Mas um alfa precisa de uma ômega. Teria sido temporário entre nós se eu fosse beta.

— Você faz muitas generalizações sobre alfas — ele murmurou. — Não somos todos iguais.

Semicerrei o olhar.

— Sei que existem diferentes espécies de alfas, Jonas.

— Não estou falando de espécies, doutora. Mas de personalidades e desejos. Nem todos os alfas desejam as mesmas coisas na vida. Talvez eu também não queira filhos ainda. Já considerou isso?

— Não — admiti. — Mas...

— Mas? — ele pressionou.

— Mas nunca perguntei — sussurrei. — Eu acabei...

— Assumindo? — ele sugeriu, suavizando um pouco a expressão. — Você assumiu muito sobre mim.

Ele começou a se mover, fazendo meus braços apertarem seu pescoço, meus instintos me forçando a segurá-lo contra mim.

— Por favor, não...

Ele me levantou do chão, interrompendo meu pedido. Eu ia dizer a ele para não me deixar. No entanto, isso estava bem para mim. Pressionei o nariz em seu pescoço, inalando profundamente e gemendo de satisfação com seu cheiro amadeirado.

Ele ronronou em resposta, me fazendo praticamente derreter contra ele.

— Adoro esse som — confidenciei. — Me faz sentir segura.

— Você está segura — ele prometeu. — Não vou deixar nada acontecer com você, doutora.

— *Riley* — eu o corrigi. — Por favor, me chame de Riley.

— Riley — ele ecoou baixinho, com os lábios perto do meu ouvido. — Fiz um banho para você. É do poço, mas a cabana tem um filtro embutido para ajudar a purificar a água. Essa foi uma das partes que tive que consertar lá fora.

— Um banho? — repeti.

— Para ajudar com as ondas de calor. A água não está

fria, mas fresca. — Ele me carregou para o banheiro do outro quarto. Eu não tinha explorado muito aqui. Estava focada em encontrar um lugar seguro para me esconder e me distraí com as cólicas e a histeria que se aproximava.

Mas sua presença me acalmou novamente. *É o ronronar dele. É ele.*

Jonas começou a me colocar de pé.

— Você pode...

— Não me deixe — interrompi, abraçando-o com toda a força que me restava. — Por favor, não me deixe. — Ele estava me ajudando a me sentir sã. Me mantendo firme. Me fazendo *humana*.

— Você precisa beber um pouco de água, Riley. Deixei as garrafas lá embaixo.

Minha garganta gritou em acordo, mas meus braços se agarraram a ele. Nunca me senti tão carente na minha vida. E não tinha nada a ver com o nó, mas sim com *ele*.

Jonas estudou meu rosto por mais um longo momento.

— Tudo bem. — Ele reajustou seu aperto e me segurou enquanto saíamos do banheiro para nos aventurar pela área da cama em direção às escadas. Seu ronronar reverberou ao meu redor enquanto descíamos. Então ele se abaixou para pegar uma garrafa e me entregou.

— Beba isso.

Era uma ordem que eu não iria rejeitar.

Abri a tampa e bebi o conteúdo, minhas entranhas suspirando em alívio instantâneo.

Quando terminei, encontrei seus lábios curvados com um pouco em diversão.

— O que foi?

— É bom te ver obedecendo a um comando pela primeira vez — ele disse, pegando a garrafa vazia da minha mão e me dando outra.

Havia muitas coisas sarcásticas que eu poderia dizer

sobre isso, mas estava com muita sede para comentar. Então bebi metade do conteúdo da nova garrafa antes de me concentrar nas palavras novamente. E tudo o que consegui pensar em dizer foi:

— Obrigada.

— De nada. — Ele se abaixou para pegar outra garrafa de água. — Acha que consegue aguentar mais?

Assenti.

Ele me deu quatro no total, então começou a subir as escadas novamente.

— Temos eletricidade agora — ele me informou. — Mas achei melhor manter as luzes apagadas para não chamar atenção durante a noite. Também fiz uma barricada nas portas e preguei ripas de madeira nas janelas do andar de baixo.

Fiz uma careta.

— Quando?

— Na última hora.

— Mas você saiu.

— Antes disso, sim. Mas voltei. Achei que você estava aqui cochilando, não se escondendo em um armário.

— Eu... eu precisava de um lugar seguro.

— Você está segura — ele me garantiu quando chegamos ao andar de cima novamente. — Não vou deixar nada acontecer com você, Riley. — Eram as mesmas palavras que ele disse minutos atrás, mas significavam muito mais agora com o meu nome anexado a elas.

Me aninhei em seu pescoço.

— Não mereço sua gentileza.

Seu ronronar aumentou novamente.

— Você merece muito mais que apenas gentileza, Riley — ele disse baixinho. Pegou as garrafas de água de mim quando entramos no banheiro. — E agora vou mostrar a você o que um verdadeiro alfa quer de sua ômega escolhida.

CAPÍTULO 10
RILEY

Em algum lugar da Carolina do Norte

Jonas me colocou de pé e começou a tirar os sapatos.

Ficou bem claro para mim o que ele tinha em mente.

E enquanto eu queria ficar irritada, minha loba estava praticamente chorando de gratidão por ele ter mudado de ideia sobre nos dar seu nó.

Puxei o vestido sobre a cabeça, pronta.

Mas ele não me agarrou de imediato. Em vez disso, se virou para os armários e começou a tirar sabonetes e outros itens.

— Teste a água — ele me disse.

Franzindo a testa, me virei e fiz o que ele pediu. A temperatura fria me fez suspirar, senti meu corpo me implorar para mergulhar na enorme banheira com o líquido refrescante.

— Este banheiro é muito bom para uma cabana — comentei.

— Sim, deve ter sido reformado há pouco tempo. O exterior não demonstra, mas esse lugar é bastante avançado para uma cabana, com tecnologia de eficiência energética. — Ele se virou, o zíper apenas parcialmente fechado. — Já coloquei alguns sais na banheira, mas você pode querer mais. — Ele colocou os suprimentos na borda.

Franzi a testa. *Vamos transar na banheira?*

Quase fiz a pergunta em voz alta, mas o som da calça jeans contra suas coxas fez meu olhar ir direto para sua virilha.

E aquele nó bem impressionante na base.

Jonas segurou meu queixo e ergueu meus olhos para ele.

— Entre na banheira, ômega.

Na pressa de obedecer, quase tropecei, o que provocou um baixo estrondo de aprovação dele. Mas ele segurou meu quadril quando quase caí na banheira.

— Calma, Riley. — Sua diversão era palpável enquanto ele me ajudava a entrar na banheira com cuidado.

No entanto, Jonas não me curvou para me comer como eu esperava... e queria. Em vez disso, me guiou para baixo em seu colo.

Não de frente para ele.

De costas para seu peito e com seus braços ao meu redor, me abraçando por trás.

— Relaxe — ele sussurrou em meu ouvido. — Vou cuidar de você.

— Me dando o nó? — perguntei, esperançosa.

Ele passou as mãos pelos meus lados.

— Te mostrando o que alfas de verdade querem. — Suas palavras eram as mesmas de antes, mas ainda mais íntimas agora.

Estremeci, gostando da sensação de seu corpo contra o meu, sentindo suas mãos acariciarem minha pele e sua respiração contra minha orelha.

— As ômegas são raras — ele continuou. — Devem ser valorizadas. Adoradas. *Amadas*. Alguns dizem que é por sua capacidade de procriar e das sensações do sexo primoroso. Mas é muito mais que isso, Riley.

Ele roçou os lábios em meu pulso, os dentes arranhando a pele macia.

— Tem a ver com o vínculo da alma. A conexão. A rara ligação entre um alfa e sua companheira. — Ele aproximou sua boca para mordiscar minha orelha. — Nunca procurei por esse tipo de relacionamento, porque nunca me senti merecedor dele.

Fiz uma careta.

— Merecedor? — Não poderia imaginar um alfa mais *merecedor* de uma companheira que Jonas. — Por que você não se sente merecedor de uma ômega?

— Por causa da minha genética. — Ele deu de ombros, o movimento fazendo com que seu corpo se esfregasse contra o meu. — Meu pai biológico estuprou minha mãe durante o cio. Ele não tentou controlar seu instinto. E eu me esforço para ser o oposto dele. O controle é importante, Riley. O controle é a marca de um alfa poderoso.

— Seu pai não era — deduzi.

— Pelo contrário, meu doador de esperma era muito poderoso. Ele só escolheu não ser um bom alfa.

— E você escolheu ser um bom alfa... por não ter uma companheira?

— Não. Escolho ser um bom alfa protegendo aqueles que precisam de mim. E escolho ficar sozinho porque prefiro.

Entendia esse desejo porque também preferia ficar sozinha. Mas por razões muito diferentes.

— O sentimento de que não mereço uma companheira desempenha um papel, ou desempenhava, quando eu era mais jovem — ele continuou. — Mas evoluiu para uma sensação de solidão que eu gosto. — Ele beijou meu pulso, movendo as mãos para o meu estômago e descendo para minhas coxas. — No entanto, você me faz querer mais. Eu te desejei por meses.

— É por isso que sempre fui rude com você. Mas não porque eu podia sentir seu desejo. — Eu sabia que ele estava interessado, mas não foi isso que motivou minhas ações. — Foi porque você me fazia querer algo que sempre me assustou.

Meu interior se estremeceu, como se meu corpo concordasse, o que fez meu ciclo de calor se tornar conhecido mais uma vez.

Estremeci, meus membros travaram com o ataque violento que parecia destruir meu núcleo.

Jonas ronronou em resposta, seu peito vibrando em minhas costas, enquanto ele passava as mãos para cima e para baixo em meus lados.

Nunca me tocando de forma sexual, apenas íntima.

Me acariciando.

Me adorando, exatamente como ele disse.

— É a ideia de ser reivindicada que te assusta? Ou o pensamento de que ser reivindicada vai redefinir quem você é e tirar sua identidade? — ele perguntou baixinho.

— Minha identidade — sussurrei, sentindo meu estômago se revirar com outro espasmo doloroso. — Gosto da minha liberdade.

— Eu também gosto — ele me disse. — Gosto de poder viajar. Viver onde quero e como quero. É por isso que não me juntei a um bando. Acho que isso nos torna um pouco parecidos.

— Sim. — De certa forma, tornava mesmo. — Mas, como alfa, você sempre terá escolhas. As ômegas perdem esse senso quando são reivindicadas por um companheiro.

— Só quando essa pessoa não valoriza o livre arbítrio da ômega. — Ele beijou minha têmpora, levando a mão para minha barriga novamente. — Gosto de você por quem é, Riley. Até o seu lado malcriado me atrai. Não mudaria nada em você.

— Meu lado malcriado te atrai? — Quase olhei para ele, mas outra cãibra me fez virar para frente.

Seu ronronar pulsou contra minhas costas, acalmando instantaneamente a dor mais uma vez.

— Seu lado malcriado me faz querer te comer — ele me disse. — E te punir também.

Me acalmei, sentindo o coração acelerar no peito.

— Me deixando sofrer meu estro sozinha? — perguntei.

— Não. Isso não é punição, Riley. É crueldade. — Ele desceu a mão, roçando as pontas de seus dedos nos pelos ruivos aparados entre minhas coxas.

Me movi instantaneamente, querendo que ele baixasse a mão, tocando o espaço carente que chorava por seu nó.

Mas ele manteve o toque leve, apenas roçando o topo do meu monte antes de deslizar para o lado e trilhar minha coxa.

— A gratificação atrasada pode ser uma punição — ele me informou em voz baixa. — Mas só quando bem-feita. E não quando uma ômega está com dor por causa de seu calor.

Ele passou os dedos pelo interior da minha coxa até que seu polegar roçou meu calor escorregadio.

Tão leve.

Tão promissor.

No entanto, nem de longe o suficiente.

— Bater pode ser uma punição divertida — ele continuou. — Embora eu prefira conceitos mais criativos, como jogo de temperatura e penas.

Apertei as coxas.

— Gratificação prolongada é outra favorita — ele acrescentou, a voz baixa desencadeando um vulcão de intensa sensação dentro de mim. — Fazer uma mulher gozar por minutos, em vez de segundos. Forçando-a a implorar para parar, para que ela possa respirar.

Ele deslizou seu toque através do meu sexo, localizando meu clitóris com o dedo para dar um toque de leve.

— Acho que seria a punição ideal para você, Riley. Fazer bom uso dessa sua voz, te ouvindo me implorar, em vez de me insultar. Te mostrar por que meu nó é o único que você deseja e te provar que não é qualquer macho alfa que serve.

— Ah, caramba... — Eu ia gozar apenas com suas palavras.

— Te fazer me dizer cem vezes que é o meu nó que te deixa louca, que é o meu nó que você sempre desejou, o *meu nó* que você realmente quer dentro de si. — Ele aplicou um pouco mais de pressão na minha protuberância sensível, a respiração quente contra a minha orelha.

— Seu nó — sussurrei. — Apenas o seu nó.

— Sim, assim mesmo — ele murmurou. — É do meu nó que você realmente *precisa*.

— Sim — sibilei, arqueando em sua mão. — Eu queria isso há meses. Desde o dia em que nos conhecemos. Odiei você por isso. — *Ah, droga, ainda posso odiá-lo.*

Mas ah, eu também o queria.

Queria *mesmo*.

— Porque você está com medo da minha reivindicação.

— Estou com medo de que você me reivindique — repeti, corrigindo de leve sua declaração. — Não quero ser propriedade.

— Você não seria minha propriedade, Riley. Seria a

minha *companheira*. Minha *parceira querida* na vida. A mulher por quem eu faria qualquer coisa, e a loba que eu juraria adorar e proteger até meu último suspiro.

Estremeci, suas palavras desfazendo algo dentro de mim que eu havia ignorado por muitos anos.

— Não quero um ninho cheio de filhotes, Riley. Quero uma companheira feliz, que se sinta amada e segura, que goste de ser minha enquanto garante que eu seja dela em troca. Uma parceria, não propriedade.

Sim, pensei, me movendo contra sua mão. *Isso é o que eu também quero. Eu te quero.*

— Nem todos os alfas reivindicam uma ômega para possuí-la — Jonas murmurou. — Alguns apenas querem uma parceira para adorar por toda a vida. Assim como estou fazendo com você agora.

Ele penetrou dois dedos dentro de mim e os curvou de uma forma que trouxe alívio instantâneo ao meu interior.

— Estou cuidando de você, porque você precisa. — Suas palavras foram um sussurro contra meu ouvido.

Estremeci quando sua mão aplicou pressão em meu clitóris, enquanto ele me penetrava com os dedos.

Mais, pensei, me arqueando para ele. *Por favor, me dê mais.*

— Não sou seu dono — ele falou baixinho. — Não estou tirando vantagem de você ao te dar meu nó. Só estou fazendo você se sentir bem, mesmo quando parte de mim ainda quer puni-la por cada insulto.

Engoli em seco, sentindo meu corpo queimar por ele, mesmo enquanto meu coração doía. Seu tom e palavras confirmaram que eu o magoei, o que nunca foi minha intenção.

— No entanto, não estou te punindo, Riley. Estou colocando suas necessidades em primeiro lugar. Porque é *isso* que um bom alfa faz.

Ele curvou os dedos novamente com suas três palavras finais, forçando meu corpo a um clímax que cobriu minha visão com luzes brancas brilhantes.

Seu nome escapou de minha boca ofegante, enquanto eu agarrava seu pulso e forçava sua mão a permanecer entre minhas coxas.

Não que ele tivesse tentado afastá-la.

Ele continuou a me acariciar, extraindo meu prazer enquanto seu ronronar me acalmava com o ritmo reconfortante.

— Humm, eu poderia me acostumar com esses sons — ele gemeu. — E o jeito que você está apertando ao meu redor me faz querer afundar na sua boceta úmida e te dar meu nó por dias.

— Sim. — Pressionei o corpo contra sua mão e depois em sua virilha. — Eu quero o seu nó. Só o seu. Nenhum outro.

— É o que você realmente quer? Ou isso é resultado de seu calor? — ele perguntou contra o meu ouvido, com uma pontada de provocação sensual em sua voz.

— É o que eu quero. As duas coisas. É a... minha loba. — Estremeci quando sua mão flexionou, meu corpo mais que pronto para gozar de novo. — Eu te quero, Jonas. Te quis desde o primeiro dia em que te vi. Meu cavaleiro islandês. Meu alfa. Meu protetor. Meu... — *Meu futuro*.

Ah, eu estava perdida para ele. Para nós. Para *isso*.

Talvez fosse o cio. Ou minha loba assumindo o controle. Talvez fossem os supressores me deixando louca.

Mas eu não queria mais lutar contra essa atração. Não queria mais odiá-lo, evitá-lo ou dispensá-lo.

Eu só queria Jonas.

— Me dê seu nó — implorei. — Por favor.

— Não. — Ele mordiscou minha orelha e senti meu coração na boca por aquela negação fácil.

Ele queria provar seu controle para mim. Me mostrar como um alfa controlava seu cio.

Era por causa do meu comportamento? Minha grosseria? Ou por causa do que ele me contou sobre seu pai biológico?

Ele afastou a mão da minha umidade e a levou até meu queixo.

Uma lágrima turvou minha visão, e senti meu coração parecer se quebrar ao perceber que ele falou sério sobre não me dar seu nó.

Ele segurou meu queixo e inclinou minha cabeça para trás, para olhá-lo por cima do meu ombro.

Seu olhar gelado capturou o meu.

— Quero te beijar primeiro — ele falou. — Depois vou te dar meu nó. — Ele me puxou para mais perto, com os lábios a poucos centímetros dos meus. — E uma vez que eu esteja profundamente dentro de você, vou reivindicá-la.

Meu coração quase parou.

—Jonas...

Ele roçou a boca contra a minha, me silenciando.

— Meu lobo te escolheu. Ele vai te reivindicar, Riley. Assim como sua loba vai reivindicá-lo.

Meu animal interior murmurou, como se concordasse com essa avaliação.

Ela o escolheu desde o dia em que nos conhecemos.

Eu estava lutando contra esse instinto enquanto era rude com Jonas.

Mas ele não parecia se importar agora.

Seus olhos azuis claros eram intensos, me mantendo cativa enquanto ele dizia:

— E depois que eu te reivindicar, vou passar o resto da minha vida te mostrando o que significa ter um bom companheiro alfa.

CAPÍTULO 11

JONAS

Em algum lugar da Carolina do Norte

EU NÃO ACREDITAVA em meias palavras ou falsas promessas. Dei a verdade a Riley. Porque se eu desse meu nó a ela durante este calor, também a estaria reivindicando.

Não tinha nada a ver com controle, mas sim com a necessidade dominadora do meu lobo de fazer desta mulher *nossa.*

Eu poderia domar meu cio e me abster de dar meu nó. Poderia ir embora agora.

No entanto, no momento em que cedesse à sua necessidade, eu me perderia para o meu lobo. Eu poderia controlá-lo. Dizer a ele para parar. Poderia até forçá-lo a não reivindicá-la.

Mas eu não queria.

Se ela desejasse meu nó, receberia tudo de mim.

Porque eu me recusava a agir pela metade com ela.

Não depois de tudo o que ela admitiu. Não depois do nosso último ano juntos. Não depois de senti-la desmoronar sob minhas mãos.

Cansei de esperar do lado de fora e me curvar conforme necessário.

Agora, eu exigiria submissão.

Mas se ela me rejeitasse, se me dissesse não, eu respeitaria sua vontade. Terminaria nosso banho, a colocaria em algum lugar confortável e iria vigiá-la com o melhor de minha habilidade.

No entanto, não lhe daria meu nó.

Porque nesse ponto, ela não mereceria.

Havia muito que eu faria por esta fêmea, mas estabeleci esse limite. Doeria muito lhe dar apenas uma parte de mim, não tudo.

Talvez isso me tornasse egoísta.

Ou um babaca.

Ou o oposto de um bom alfa.

Mas parecia certo exigir isso, fazê-la ver como poderíamos ser bons juntos.

Sua loba já me queria.

Agora, cabia à mulher me aceitar.

Ela se encolheu, me fazendo soltar seu queixo. Meu coração se apertou quando ela começou a se afastar de mim.

Devo tê-la pressionado demais. Dada sua ansiedade sobre o processo de reivindicação e a noção de que um alfa tiraria sua identidade. Não poderia culpá-la.

No entanto, mostrei a ela por meses quem eu era. Se ela pensava que eu seria dominador e a forçaria a ser uma escrava reprodutiva, então não havia muito mais que eu pudesse fazer para que ela mudasse de ideia.

— Você cresceu perto do Território Alberta, certo? — perguntei enquanto ela movia a parte de baixo de seu corpo para longe da minha virilha.

— Eu fazia parte de um clã da área de Vancouver, mas eles tinham fortes laços com Alberta, sim. — Ela segurou as laterais da banheira e se levantou, me dando uma bela visão de sua bunda empinada.

Meu lobo rosnou por dentro, ansioso para marcá-la ali.

Não com as mãos, mas com os dentes.

Ela se virou, me deixando ver sua boceta ômega molhada. Não me preocupei em esconder meu interesse, mantive o olhar naquele doce paraíso que talvez nunca experimentasse. Quando ela não saiu da banheira, desviei o foco de seu abdômen plano até seus lindos seios, e todo o caminho até seu queixo élfico, além daqueles lábios deliciosos, até seus sedutores olhos azuis.

— Sabe como os alfas do Território Alberta tratam as ômegas? — ela perguntou.

— Sei. — Eu nunca tinha estado lá, nem tinha vontade de visitar. Eles tendiam a formar bandos em torno de suas companheiras ômega, o que significava que mais de um alfa reivindicava a ômega. Dado o quanto os alfas gostavam de transar, era bastante evidente como elas eram tratadas nesse território.

Certamente nem todos os alfas eram ruins.

Mas o fato de que o compartilhamento era tão prevalente naquele território, sugeria que eles não se envolviam em laços profundos da alma.

Por isso que a maioria dos Alfas do X-Clan se recusavam a compartilhar.

Éramos muito possessivos para sequer considerar a ideia.

— Então talvez você entenda minha preocupação por ser reivindicada desde que fui prometida a uma de suas tríades alfa — ela disse.

Arqueei as sobrancelhas.

— Prometida?

Ela se sentou novamente, me surpreendendo enquanto

montava em minhas coxas e colocava as mãos em meus ombros.

— Meu pai alfa arranjou isso. Foi por isso que fui embora. — Ela franziu a testa. — Bem. *Fugi* seria mais preciso. Ele não aprovou minha decisão de entrar no mundo humano e estudar.

— Porque ele era um alfa que acreditava em controlar sua identidade — concluí.

— Sim. — Ela se aproximou, seu calor úmido há poucos centímetros do meu pau dolorido. — Mas você não é nada como aqueles alfas.

— Não sou — concordei.

— Você nunca me disse o que fazer. Pelo menos... não sem um bom motivo.

— Às vezes você tem que obedecer — eu disse a ela.

— Mas só para esclarecer, não vou obedecer com frequência — ela me informou, com a voz ofegante, apesar de sua intenção óbvia de estabelecer algumas regras básicas.

— Espero que não. — Envolvi a mão em seu pescoço para puxá-la ainda mais para perto. — Falei sério sobre punições. Pretendo fazer todas aquelas coisas com você.

— Enquanto ainda permite que eu seja eu? — ela perguntou, com a boca perto da minha.

— Nunca desejei que você mudasse, Riley. — Passei o polegar pelo seu pescoço. — E também não vou desejar que mude agora.

Ela assentiu, movendo a língua para umedecer o lábio inferior.

— Bem, há *uma* mudança que você precisa fazer — eu disse, pensando bem.

Ela paralisou.

— O quê?

— Os supressores. Não quero que você os use. Quero

que seja capaz de ser quem é. Quero que a sua loba seja livre.

— Mas...

— Este é um daqueles itens inegociáveis, Riley. Você não pode suprimir seu lado metamorfo. Não é saudável. Caramba, isso poderia ter nos matado hoje.

Ela se afastou um pouco.

— Ninguém vai deixar uma ômega ser médica.

Eu bufei.

— Muitos alfas não hesitariam em escolher a profissão. — Semicerrei o olhar. — Alfas como Kieran, certo? — Ele era um lobo do V-Clan com habilidades místicas de cura. Certamente ele havia notado a propensão dela para supressores... algo que eu nem havia considerado até agora.

E suas bochechas vermelhas me disseram que eu estava no caminho certo.

Eu me afastei ainda mais.

— Ele te deu o nó? — Porque isso pode ser problemático. — Você o usou para ajudá-la em um ciclo de calor?

Ela franziu a testa para mim.

— Eu te disse que nunca recebi um nó. E também não tenho estro há mais de uma década.

Certo. Sim, ela mencionou isso. Mas a ideia de ela estar com Kieran causou um curto-circuito na minha capacidade de processar o pensamento.

— Você quer que ele te dê o nó?

Sua carranca se aprofundou.

— Não. Claro que não.

— Tem certeza?

— Eu estava prestes a dizer para você me reivindicar, seu idiota. Sim, tenho certeza. — Suas narinas dilataram.

— Mas agora, não tenho mais certeza porque é óbvio que você...

Pressionei os lábios nos dela, silenciando qualquer insulto que ela estava prestes a dizer.

Porque ela expressou as palavras que eu queria ouvir. *Eu estava prestes a dizer para você me reivindicar.* A parte *idiota* não importava.

Nada mais importava.

Porque Riley tinha acabado de dizer que me queria.

Isso era tudo que eu precisava saber.

Ela murmurou algo contra meus lábios, mas esse murmúrio se transformou em um gemido quando penetrei a língua em sua boca.

Seus braços finos me envolveram, seus seios pressionaram em meu peito.

E então ela me deu tudo o que eu desejava.

Sua língua era macia e exploradora, conhecendo meus gostos e imitando meus movimentos a cada carícia. Ela era ousada. Aventureira. *Perfeita.*

Apertei sua nuca para demonstrar meu apreço por sua aquiescência.

Então apoiei a palma da mão oposta em sua bunda e a encorajei a se aproximar ainda mais.

Ela não vacilou, sua boceta úmida acomodou meu pau em uma recepção calorosa.

Ronronei em aprovação e aprofundei nosso beijo, querendo devorá-la e reivindicá-la com a boca.

Por quantos meses sonhei em fazer isso com ela? Quantos meses acariciei meu nó ao pensar nesta linda mulher me aceitando em sua cama por apenas uma noite?

Mas agora eu não teria apenas uma noite com ela.

Eu a teria por toda a vida.

Começando com este estro que levaria a uma eternidade chamando-a de minha.

Ela se moveu contra mim, ansiosa para fazer mais que beijar.

No entanto, passei muitos meses fantasiando com aquela boca para seguir com a tarefa. Mordi seu lábio inferior, repreendendo-a de leve por tentar assumir o controle e a dominei com minha língua.

Cada carícia parecia uma letra, soletrando as palavras: *você é minha*. Várias e várias vezes.

Ela se derreteu em mim, se submetendo por inteiro ao meu lobo e se divertindo com meu crescente ronronar.

Era para ela. *Tudo* era para ela.

Assim como toda aquela umidade era para mim. Meu nó. Meu pau. *Minha*.

Eu a peguei em meus braços e me levantei, cansado da água e precisando de algo mais apropriado para nossa união.

Ela manteve os braços em volta do meu pescoço e cruzou as pernas nos tornozelos contra a minha bunda.

Encontrei algumas toalhas ao investigar a cabana mais cedo.

Em vez de nos secar, peguei-as no caminho para a cama e as joguei nos lençóis para ajudar a absorver a bagunça que estávamos prestes a fazer.

Riley provavelmente iria querê-las para seu ninho.

Supondo que ela pudesse chegar ao ponto de seu estro que despertaria esse instinto.

Eu a deitei na cama com gentileza, tocando seus lábios com os meus.

Ela passou as unhas pelas minhas costas, sua loba saindo para brincar.

— Já está me reivindicando — comentei, colocando nós dois em uma posição confortável com nossas metades inferiores intimamente seguras.

Riley rosnou.

Ou melhor, seu animal rosnou.

Então permiti que o meu rosnasse de volta.

Ela arqueou para mim em resposta, seu corpo tenso debaixo de mim.

— Me dê seu nó.

— Ainda não — falei, levando os lábios para sua orelha para mordiscar seu lóbulo. — Vou te provar primeiro.

— *Jonas.*

— Paciência, ômega. É meu trabalho te adorar. E vou fazer exatamente isso.

Seu doce perfume me sufocou em resposta, minha futura companheira claramente gostou deste plano. Seus mamilos exibiam evidências dessa aprovação também, os picos tensos implorando por minha língua enquanto eu deixava uma trilha de beijos até seus belos seios.

Eram do tamanho perfeito, cabendo em minha mão e marcando pequenos pontos de necessidade.

Beijei a ponta escura, em seguida lambi a outra, fazendo Riley gemer e se contorcer embaixo de mim.

Seu calor ainda não a havia subjugado.

Mas estava perto.

Quase podia sentir o gosto em minha língua.

Suas pupilas estavam dilatadas, assim como suas narinas, e sua respiração ofegante.

Logo, meu lobo cantarolou. *Logo ela será minha.*

Tecnicamente, eu não precisava esperar, mas queria. Havia algo lindo em reivindicar uma ômega durante o estado elevado de sua excitação. Talvez me atraísse mais porque eu sabia que não iria machucá-la.

Em qualquer outro momento, ela sentiria meus dentes afundando em sua pele macia.

E a mera ideia de machucá-la me deixou inquieto.

Nunca quis machucar Riley. Nem permitiria que alguém o fizesse.

O que serviu de motivação para continuar meu caminho descendente, porque precisava garantir que ela estivesse pronta para receber meu pau.

As ômegas eram preparadas para receber o nó de seu alfa. Mas não significava que não iria doer. Já que Riley nunca tinha recebido um nó antes, precisava garantir que ela fosse gostar do meu.

— Puta meda, você está molhada — sussurrei enquanto alcançava os macios cachos ruivos entre suas coxas. — E seu cheiro é incrível.

Eu ia me afogar em sua umidade.

Me cobrir da cabeça aos pés e me deleitar com o cheiro de sua necessidade. Me certificar de que todos neste mundo soubessem que ela me reivindicou como seu.

— Lembra o que eu disse sobre punição? — perguntei enquanto me acomodava entre suas coxas abertas.

Ela levantou a cabeça para olhar para mim.

— Você disse sem punição.

— Não, eu disse que queria fazer você experimentar cada uma que eu tinha para oferecer — corrigi. — Que tal começarmos vendo por quanto tempo posso fazer você gozar?

CAPÍTULO 12
RILEY

EM ALGUM LUGAR DA CAROLINA DO NORTE

Meu corpo *queimava.*

E as palavras de Jonas... seu toque... sua boca...

— Me come...

— Sim. Depois que eu te fizer gozar — ele disse com os lábios bem contra meu clitóris. — Pronta, Riley?

Eu não tinha ideia do que ele realmente planejava fazer comigo, mas não ia dizer não.

— Sim.

— Boa menina — ele elogiou, enquanto sua respiração acariciava minha intimidade e enviava um arrepio na minha espinha.

— Se segure na cabeceira da cama para mim, linda. Ainda não estou pronto para a sua loba me agarrar.

Queria dizer algo espirituoso, emitir algum tipo de resposta inteligente, mas as palavras não existiam mais em meu cérebro. Tudo o que eu conseguia pensar era no nome dele repetidamente.

Ele estava me destruindo da melhor maneira.

E ainda nem havia realmente começado.

— Depressa — sussurrei. — Quero me lembrar disso.

Porque uma vez que o cio me dominasse, eu me esqueceria. Estaria perdida no estro. Perdida para *ele*.

Caramba, eu já estava perdida para ele. Concordei em deixá-lo me reivindicar. Era um risco. Um risco enorme.

Mas parecia certo.

E minha loba... minha loba queria...

Curvei as costas para fora da cama quando sua boca cobriu meu clitóris, enquanto sua língua fazia algo que me fez ver estrelas.

— Ah, meu... *caramba*. — Não conseguia articular o que queria dizer. Não conseguia me lembrar do que eu estava pensando.

Tudo o que importava era sua boca.

Suas mãos.

Sua *língua*.

Mal percebi seus dedos dentro de mim, não estava nem mesmo ciente de quando ele penetrou em mim. Mas quando ele os curvou para cima como tinha feito na banheira, senti cada centímetro.

Ele devia estar com, pelo menos, dois dedos dentro de mim. Talvez três.

E estava movendo-os de uma forma que me esticou.

Me preparando.

Para o seu nó.

Ah, luas.

Sim.

Sim, eu quero isso.

Eu estava quase delirando, o quarto parecendo se mover em espirais de preto e branco.

Ficou escuro. Se iluminou. Ficou escuro novamente.

A cobertura das árvores escondia o luar, pintando o

quarto com sombras. Minha loba podia ver, mas tudo que eu queria era olhar para Jonas.

E suas brilhantes íris azuis.

Sempre me olhando.

Mas ele tinha um olhar muito diferente naqueles belos olhos agora. Ele parecia com fome. Possessivo. *Dominante.*

Ele chupou minha protuberância sensível, exigindo toda a minha atenção enquanto me levava para uma nuvem de êxtase que me deixou sem fôlego e ofegante ao mesmo tempo.

Eu não sabia se estava gozando, voando ou morrendo.

Era uma combinação de todos os itens acima.

Havia muita sensação.

Meus membros estavam tensos. Minhas entranhas estavam derretidas, se contorcendo, espiralando e chegando ao clímax.

— *Jonas.*

Quase doeu.

Não conseguia inalar.

Eu... eu estava me afogando.

Para ser trazida de volta para a vida com outra mordida. *Bem no meu clitóris.*

— O que você está fazendo comigo? — perguntei, minha voz era um som rouco. *Eu estive gritando?*

— Te punindo — ele murmurou contra o meu sexo. — E amando cada minuto disso.

Ele seguiu com outra mordida que me fez ver estrelas.

Nunca me senti assim... jamais.

Meu calor estava estimulando isso, me deixando tão sensível que apenas um movimento contra meu clitóris me deixava louca.

Várias vezes.

Me fazendo gozar repetidamente, pensei, lembrando de forma vaga o que ele ameaçou fazer.

Puta merda, se essa era sua ideia de punição, eu iria agir mal todos os dias.

Ele curvou os dedos, me levando a outro orgasmo. Ou talvez apenas uma continuação daquele do início.

Que correu pelo meu corpo inteiro.

Tensionando meu abdômen.

Arrancando cada grama de prazer de minhas veias.

Apenas para meu corpo me jogar de volta no vórtice de espasmos, prazer e paixão, me permitindo receber ainda mais.

Eu costumava odiar essa experiência.

Detestava a forma como meu corpo ansiava por sensações.

Mas Jonas estava me mostrando o quanto poderia ser bom.

E ele nem tinha me dado o nó ainda.

Ah, lobos. Só de pensar em seu nó, meu ventre doía de desejo. Eu o queria dentro de mim. Me comendo. Me tomando. Entrando, saindo e me reivindicando em todos os sentidos.

— Por favor — sussurrei, levantando os quadris para encontrar sua boca. — Jonas, por favor.

Precisava do pau dele. Eu... eu precisava senti-lo desmoronar. Queria experimentar a sensação de me unir intimamente a um alfa.

Não para procriar.

Não para criar um ninho.

Apenas... apenas para estar com ele. *Para sentir.*

Os betas com quem estive nunca foram capazes de me dar prazer de forma adequada. Não era culpa deles. Apenas biologia.

Mas Jonas poderia me levar a novas alturas. Merda, ele já tinha feito isso. E só com a boca e a língua.

Gritei quando ele apertou meu clitóris novamente, me

enviando em espiral para outro estado sombrio e arrebatador que roubou minha capacidade de processar o pensamento mais uma vez.

Meus pulmões queimaram com o lembrete para respirar.

Mas não consegui.

O ar que eu precisava não existia aqui.

Jonas.

O mundo estava escuro.

Jonas.

O mundo precisava de *luz*.

Jonas.

Agarrei as profundezas do meu prazer, tentando retornar, encontrar a superfície dessa euforia sufocante.

Jonas.

Tudo estava pegando fogo. Minhas veias. Minha barriga. Minhas mãos. Pernas. Peitos. Meu *centro*.

Eu estava sendo comida viva pelo calor.

Algo grande se abateu sobre mim, me tornando muito pequena e me fazendo sentir presa.

Não.

Não presa.

Protegida.

Lábios tocaram os meus.

Uma língua.

Ar.

Jonas respirou em minha boca, me forçando a inalar.

Era tudo masculinidade amadeirada e excitação quente.

Meu alfa.

Cravei as unhas em seus ombros, minha loba saltando livre em sua necessidade de reivindicá-lo.

Assim como ele entrou em mim.

Com força. Por completo. Até o fim.

Entreabri os lábios em um grito sem som, meus pulmões exigindo mais ar para satisfazer a necessidade de ganir, gemer ou gritar.

Mas Jonas estava lá.

Respirando por mim.

Renovando meu espírito com a vida enquanto me reivindicava com sua língua e pau.

Seu ritmo brutal satisfez minha besta interior, senti seu rosnado ecoar lá no fundo. Movi os quadris para cima para encontrar os dele e envolvi as pernas em sua cintura.

— Mais. — A palavra saiu da minha boca, mas o pensamento não era meu. Era da minha loba. Ou um desejo que eu estava traduzindo para ela. Eu não entendia.

Jonas grunhiu em resposta, sua própria besta parecendo ter tomado o controle.

No cio.

Ele estava dando a seu lobo autoridade para *reivindicar*.

E não havia nada que eu pudesse fazer para lutar contra. Não que eu quisesse. Porque minha loba já havia decidido dar tudo a esse macho.

Ela me encorajou a expor meu pescoço.

Mas Jonas colocou a palma da mão em volta dele e usou o polegar para atrair minha boca de volta para a sua.

Ele queria me beijar. Me comer. Me possuir de dentro para fora. Só então ele me morderia.

Podia sentir a intenção em cada estocada, em cada carícia de sua língua, e na maneira intensa como ele segurava meu pescoço e quadril.

Eu era sua.

Totalmente possuída.

Mas não da maneira que eu temia.

Ele não estava me machucando. Não estava tomando. Estava dando. Assim como disse que faria.

E ele pontuou isso a cada movimento de seus quadris,

roçando meu clitóris e provocando tremores secundários em todo o meu corpo que se parecia muito com orgasmos adicionais.

Este macho tocava meu corpo com a habilidade de um alfa destinado a me possuir.

Eu nem queria impedi-lo.

— Me reivindique — sussurrei contra sua boca. — Me reivindique, Jonas.

— Estou te reivindicando, Riley — ele respondeu. — Cada centímetro seu.

Ele moveu os quadris contra os meus com tanta força que gritei, e então ele me beijou novamente, afastando qualquer pensamento de dor com a carícia de adoração de sua língua.

Me senti drogada.

Perdida em sua selvageria e completamente aniquilada pela reverência em seu beijo. Pela posse de suas mãos.

— Jonas. — Me agarrei a seus ombros, vagando as mãos por suas costas e descendo em direção a sua bunda firme. Mas eu precisava que ele me segurasse. Que me ajudasse na próxima parte.

Porque eu estava excitada e apavorada.

Seu nó estava pulsando. Eu podia senti-lo pulsar entre minhas pernas. Pronto para explodir.

Eu sabia que seria incrível.

Que isso me daria o orgasmo mais intenso da minha vida.

Mas havia tantas incógnitas.

Eu poderia ficar grávida. Poderia ser forçado a entrar em um ninho. Poderia ser reivindicada, possuída e obrigada a fazer certas coisas todos os dias pelo resto da minha vida.

— Shhh — Jonas me silenciou, seus lábios macios contra os meus. — Estou com você, linda. Estou sempre com você.

Ele não estava ronronando, mas suas palavras acalmaram meus sentidos.

Me perdi em sua voz e sua declaração, e permiti que ela me envolvesse em um mundo de proteção e graça.

Olhei em seus lindos olhos e o deixei guiar.

Eu me *submeti*.

O orgulho brilhou em seu olhar quando ele roçou um beijo contra minha boca.

— Você é perfeita, Riley — ele me disse. — Tão perfeita e tão minha.

A dor explodiu em meu abdômen quando seu nó disparou em mim, um grito alojado em minha garganta e silenciado por sua mão me apertando no momento certo.

Estremeci, o choque de seu súbito orgasmo e a crueldade de sua mão me tiraram do meu estupor excitado e levou lágrimas aos meus olhos.

Mas então o mundo mudou.

Seu nó fez algo... *Prendendo. Protegendo. Nos tornando um.*

Ah... estremeci quando uma onda de prazer tomou conta de cada centímetro meu, me levando para o céu mais uma vez.

Prazer.

Calor.

Insanidade.

Jonas ronronou sua aprovação contra o meu ouvido, roçando os lábios em meu lóbulo a caminho do meu pescoço e descendo até meu ombro.

— Fique comigo, Riley — ele sussurrou. — Seja minha.

— Sou sua — respondi, estremecendo quando seus dentes afundaram em minha pele.

Me reivindicando.

Enquanto seu nó pulsa dentro de mim.

Nos tornando um.

Nos protegendo por toda a vida.

A euforia me tomou, enquanto minha loba se regozijava com a declaração.

Meu coração disparou.

Entreabri os lábios em um suspiro quando Jonas soltou meu pescoço.

E tudo o que saiu da minha boca foi um suspiro satisfeito.

Seguido pela expressão *de novo*.

Porque o prazer de seu nó estava diminuindo. Porém, meu calor... meu calor estava aqui. Me oprimindo. Me enviando a um mar de necessidade.

— *Mais* — rosnei, empurrando contra ele.

Jonas grunhiu em resposta.

— *Paciência, ômega.*

Minha loba choramingou com sua reprimenda.

— Vou te dar o que você precisa — ele disse, com a boca ainda contra meu ombro. — Mas você vai ser paciente.

Meu animal interior não gostou nem um pouco desse plano. Ela respondeu cravando as unhas em seus ombros e arranhando.

Jonas segurou meus pulsos e os puxou sobre minha cabeça.

— *Bondage* é divertido. — As palavras eram carinhosas, leves e sombrias. — Talvez possamos explorar isso depois.

Eu rosnei.

Ele rosnou de volta.

Muito mais assustador. Muito maior. Muito mais *alfa*.

— Vamos trabalhar com sua paciência, lobinha — ele disse, ciente de que era meu animal me guiando agora. — Mas quero sua humana de volta por um minuto.

Minha loba bufou com isso.

Então ele rosnou, desta vez com muito mais intensidade que antes.

Estremeci em resposta, então ofeguei com a sensação dentro de mim por causa de seu nó.

— Jonas — murmurei, tremendo.

— Aí está minha companheira — ele murmurou, dando um beijo em minha boca. — Você está se desassociando um pouco da sua loba.

— Eu... eu não...

— Está tudo bem — ele me disse. — Posso controlar seu animal errante. Só preciso saber se você está bem.

— Estou... estou sobrecarregada.

— Eu sei. — Ele me aninhou, seu ronronar aumentando. — Mas vou cuidar de você, sim?

Engoli em seco, assentindo como se ele tivesse me obrigado a isso. Ou talvez fosse apenas minha fé inerente nele para me proteger.

Como ele vinha fazendo há meses.

— Você é minha companheira. — As palavras eram um sopro contra minha boca. — O que significa que vou te adorar enquanto durar o seu cio. Depois vou cuidar de você pelo resto de nossas vidas.

Meu peito se aqueceu com o pensamento. Eu não tinha certeza do que isso implicava agora. Mas confiava nele. Confiava nisso.

— Está bem — sussurrei. — Sei que você não vai me machucar.

— Não, vou fazer você viver — ele prometeu. — Você vai sentir meu nó por semanas.

Minhas coxas apertaram em torno dele, fazendo-o rosnar.

— Sim, assim mesmo, linda — ele murmurou, movendo os quadris apenas o suficiente para me fazer gemer. — Não vou me conter. Porque sua loba quer mais.

— Sim. — Arqueei para ele, com os pulsos ainda presos. — Ela quer ser comida.

— Então vou dar minha besta a ela. — Ele mordeu meu lábio inferior. — Porque eu levo meu trabalho como seu companheiro muito a sério.

— Você faz isso soar como uma dificuldade — murmurei sentindo o riso ficar preso em minha garganta quando ele empurrou um pouco mais.

— Será um desafio — respondeu. — Mas eu gosto de desafios, Riley. — Ele pressionou os lábios na minha têmpora antes de sussurrar: — E você é meu desafio favorito.

— Sou um desafio?

— *Meu* desafio — ele corrigiu, sua boca em meu ouvido. — O maior que já enfrentei. E parece apropriado que você me desafie novamente agora.

Uma sensação de tremor percorreu minha pele, meu estômago se contraindo com uma nova onda de necessidade.

O mundo se apagou.

Roubando minha visão.

Cobrindo meus ouvidos.

E me deixando em uma nuvem nublada.

Estro, eu percebi. *Está aqui.*

CAPÍTULO 13
RILEY

Pisquei, o mundo desaparecendo e reaparecendo algum tempo depois.

Com Jonas no cio dentro de mim.

Sussurrando promessas sensuais em meu ouvido.

Com as mãos em meus seios, quadris e rosto.

Eu o beijei.

Mordi.

E caí em uma nuvem de confusão mais uma vez.

Mas seu rosnado me trouxe de volta.

De novo.

E de novo.

E mais uma vez.

Era um ciclo de sensações, calor e perda de consciência. Ou melhor, perdendo a guerra com minha loba.

Ela precisava desse ciclo. E me deixar fora da diversão era parte da punição por minhas ações.

Dissociação. Assim como Jonas havia dito.

Mas alguns detalhes eram claros, como o afeto de Jonas. Seu ronronar. Seus beijos. Suas doces palavras.

Eu o senti me virar de quatro e me penetrar por trás.

Com seu nó pulsando.

Com os lábios em meu pescoço, beijando sua marca de reivindicação.

Me forçando a beber água.

Seu *esperma*.

Acordei e o encontrei alojado no fundo da minha boca, enquanto eu movia a garganta e o engolia, ele rosnava.

Ele tinha um gosto tão bom. Tão perfeito. Era como se ele fosse a minha nova refeição favorita.

— Puta merda, Riley. Amo o jeito que você está me olhando agora. — Ele empurrou tão fundo dentro de mim que me preocupei que ele pudesse dar o nó na minha garganta.

Mas ele não o fez.

Apenas apertou a base de seu pau e liberou mais de seu esperma em minha boca.

Engoli em seco.

E então ele estava dentro de mim novamente.

Por trás.

Pela frente.

Era tudo um borrão. Meu cio confundia meus pensamentos e me deixava sem foco.

Até que o mundo voltou a fazer sentido.

Depois de horas, dias, talvez até uma semana, transando com Jonas.

Eu tinha vagas lembranças dele me forçando a comer. Do meu animal rosnando em recusa, e ele encontrando maneiras de domar minha loba com alguns rosnados oportunos.

Era como um sonho febril e sombrio.

Um que eu me libertei de suas garras enquanto olhava

pelas janelas para as árvores. A luz do sol passava através deles. E o ar acariciou meu rosto.

Olhei para cima e vi o ventilador de teto ligado.

E Jonas não estava em nenhum lugar à vista.

Franzindo a testa, comecei a me sentar, mas caí para trás quando um espasmo disparou pela minha espinha. Argh. *Ele* não estava brincando sobre sentir seu nó por semanas. O alfa tinha me machucado de dentro para fora.

— Riley? — Sua voz o precedeu quando ele entrou com uma bandeja.

Pisquei para ele.

E ele sorriu.

— Você está acordada.

Tentei me esticar e estremeci.

— Sim — murmurei, sentindo a garganta doer ao tentar falar.

— Aqui. — Ele me entregou uma garrafa de água. — Beba isso.

Não discuti, apenas obedeci. O que exigia que eu me movesse um pouco, mas cada gole parecia esfriar a dor dentro de mim.

Então ele me deu um prato de frutas, fazendo com que eu arqueasse uma sobrancelha.

— Tem um jardim aqui perto. Ninguém colhe nada de lá há algum tempo. — Ele deu de ombros. — Senti que seu calor estava finalmente diminuindo, então corri até lá esta manhã para colher algumas frutas. Também tirei pêssegos da árvore ao lado.

Peguei um dos morangos e gemi com o sabor doce.

— Ah, isso é bom — falei.

Seus lábios se curvaram com uma memória à espreita em seu olhar.

Não perguntei, porque suspeitava que tinha dito algo assim sobre seu esperma.

Ele se acomodou ao meu lado e me ajudou a me sentar para que eu pudesse comer com mais facilidade. Mas não disse nada. Apenas passou as pontas dos dedos sobre meus hematomas, avaliando com o olhar. E quando ele alcançou a marca de reivindicação em meu ombro, vacilei.

Ele curvou os lábios para baixo ao ouvir. Mas não falou. Em vez disso, me deixou terminar de comer, o que me fez sentir grata, porque estava morrendo de fome.

Terminei duas garrafas de água antes de começar a me sentir um pouco melhor, mas ainda sentia dor em todos os lugares.

Ele pegou o prato vazio e as garrafas, e os colocou na mesa de cabeceira.

Outro momento de silêncio caiu entre nós.

E finalmente ele olhou para mim.

— Você está bem?

Toquei a marca da mordida.

— Estou confusa... Sobrecarregada... Dolorida... — Não conseguia encontrar a palavra certa.

Minha reação pareceu enervá-lo um pouco, porque ele fechou os olhos no momento seguinte.

— Você me deu permissão, Riley. Você me disse para reivindicá-la.

Fiz uma careta.

— Sim, eu me lembro.

— Mas está arrependida agora? — ele me pressionou.

Arregalei os olhos.

— Você acha que me arrependi?

— Não?

— Não — respondi de imediato. — Estou só... processando. — Pronto. Essa era uma boa palavra para descrever como eu me sentia.

Ele tensionou a mandíbula.

— Sinto cheiro de dúvida.

— Qualquer dúvida que você sente não é resultado de eu questionar sua afirmação. Estou lutando para me lembrar de tudo... depois disso. Até agora. — Estendi a mão para ele, percebendo que havia inspirado essa sensação de incerteza por causa do meu comportamento no último, bem, ano.

Seus olhos encontraram os meus, e a ferocidade neles me tirou o fôlego.

— Não me arrependo.

— Que bom — eu disse a ele. — Porque eu também não.

— Que bom — ele repetiu.

Arqueei uma sobrancelha.

Ele arqueou uma de volta.

— Vai me beijar agora, ou preciso implorar? — exigi.

Ele bufou uma risada e balançou a cabeça.

— Acho que quero te ouvir implorar.

— Ah, vá se foder.

— Esse não é um começo muito bom, Riley — ele me repreendeu, mas havia um sorriso em sua voz. — *Por favor, me fode* são as palavras que você está procurando.

— Talvez eu diga para você nunca mais fazer isso.

— Então vou rosnar até você mudar de ideia — ele respondeu.

Semicerrei o olhar.

— Isso é balela.

— Isso é *biologia*, doutora.

Meu lado indignado ofegou. Mas o lado avassalador riu. Porque era um jogo de palavras inteligente.

E ele não estava errado.

Era biologia.

O grunhido de um alfa preparava a ômega para o sexo.

No entanto, este alfa não precisava rosnar para me deixar molhada. Eu já estava encharcada para ele.

Porque eu o queria. Queria seu nó. Seu ronronar. Eu queria Jonas.

— Por favor, me come, alfa — falei baixinho. — Mas seja gentil. Estou dorida.

Seus olhos suavizaram, assim como sua expressão quando ele estendeu a mão para mim.

— Quer que eu beije seus hematomas primeiro?

— Sim, por favor.

— Vou começar com este — ele falou, se inclinando para roçar os lábios no meu ombro.

Minha pele formigou em resposta às suas atenções e ao que significava ser beijada ali.

Ele estava me reivindicando de novo.

Mas de uma forma delicada.

— Vou beijar cada centímetro seu — ele disse enquanto lambia meu corpo até minha orelha. — Depois vou te dar outro banho para ajudar com as dores.

Presumi que ele quis dizer outro banho como aquele que tomamos juntos... quando... seja lá quando foi.

Mas então percebi que ele se referiu a hoje.

Porque ele tinha me banhado recentemente.

Cheguei a essa conclusão porque acordei limpa, não coberta por nossos fluidos.

E na cama, não em um ninho.

Apoiei a mão em seu peito e olhei ao redor, confusa.

— O que foi? — ele perguntou.

— Eu... eu não fiz um ninho.

— Não nos reproduzimos — ele disse. — Você não está grávida.

Franzi o cenho.

— Mas entrei no cio.

— Depois de uma década tomando supressores — ele

murmurou. — Vou assumir que foi o que contribuiu para isso. Ou talvez o destino.

Olhei para ele.

— Você não está bravo?

— Claro que não. — Ele acariciou minha bochecha. — Você ainda tem um mundo para tentar salvar, Riley. Os filhotes podem esperar. Ou podemos optar por não tê-los.

Não pude evitar. Olhei *boquiaberta* para ele.

— Você... você realmente ficaria bem em não ter filhotes? — Ele meio que insinuou isso antes. Mas ouvi-lo repetir agora, *depois* de acasalar comigo, tornou mais real.

— Se você não quer filhotes, então estou bem em não tê-los, Riley. Fui sincero no que falei: não vou tirar suas escolhas.

— Mas vai ter que tomar algo para meus ciclos, então... — Havia medicamentos que os alfas podiam usar para se tornarem inférteis durante o cio de uma

ômega. Muitos tomavam as pílulas quando estavam mais velhos e queriam uma pausa na procriação. Era uma forma masculina de controle de natalidade.

Jonas deu de ombros.

— Se isso significa que você não vai tomar supressores e ainda passaremos pelo seu cio, estou bem com essa solução.

Me sentei e olhei para ele.

Uma resposta irônica, considerando quantas vezes ele costumava me encarar.

Mas eu não conseguia acreditar que esse homem era de verdade.

E não apenas de verdade, mas *meu*.

— Acho que eu te amo, Jonas.

Ele curvou os lábios.

— Bem, isso é bom, dra. Campbell. Porque acho que também te amo.

Passei os braços ao redor dele, derrubando-o na cama.

— Você vai me dar um nó agora.

— Mais uma vez, acho que você está se esquecendo de pedir *por favor*...

Eu o beijei.

Porque a conversa acabava agora.

Pelo menos por enquanto.

Eu daria voltaria a implicar com ele em breve.

Em especial, porque isso parecia me levar a orgasmos punitivos.

Mas neste momento, escolhi apenas estar com ele. Para beijá-lo. Para fazer amor com ele. Cuidar dele da maneira que ele prometeu cuidar de mim.

Para *existir*.

E abraçar esse novo caminho.

Com Jonas.

Como meu companheiro.

CAPÍTULO 14

JONAS

Em algum lugar da Carolina do Norte

RILEY e eu passamos mais dois dias juntos na cama.

Não foi a decisão mais inteligente, mas eu precisava que ela estivesse energizada e saudável antes de nossa jornada. O que significava transar mais devagar, mais banhos e muitas refeições.

Felizmente, ela adorava frutas.

E também não era avessa a vegetais.

Eu tinha caçado um pouco de carne na forma de lobo. Riley não ficou animada com o cervo que peguei e trouxe para casa, mas comeu mesmo assim. Porque ela precisava da proteína.

O suave tom rosado em suas bochechas demonstrava que tinha sido a decisão certa.

Nós dois acordamos com o sol, com a luz atravessando as cortinas finas.

— Está com vontade de correr hoje? — perguntei, roçando os dedos em seu pescoço.

Ela assentiu.

— Uma corrida seria bom.

— Por oito ou nove horas? — questionei.

Ela me olhou.

— Na direção do Forte Bragg?

— Exatamente.

Sua boca se curvou para cima.

— Tudo bem.

— Teremos que encontrar outro lugar para nos escondermos — eu a avisei. — Serão alguns dias de corrida.

— Eu sei. Você me disse que estávamos a pelo menos trezentos quilômetros de distância. — Ela bocejou e se espreguiçou, fazendo com que o lençol descesse e expusesse seus lindos seios.

Me inclinei para frente para capturar um mamilo com a boca.

Porque eu podia.

E queria.

Riley passou os dedos pelo meu cabelo, me segurando contra si e me encorajando a chupar.

Minha ômega perfeita, pensei, rastejando sobre ela e me acomodando entre suas coxas abertas. Minha companheira perfeita. Penetrei sua maciez, me movendo devagar e me deleitando com a sensação *dela*.

— Você é linda — murmurei, com os lábios contra seu pescoço. — E você é... — Entrei e saí de dentro dela. — Deliciosa, Riley. Deliciosa demais.

Ela ergueu os quadris para encontrar os meus, com movimentos tão lentos quanto os meus.

— Me beije, alfa.

— Como quiser, ômega.

Mordi o lóbulo de sua orelha, e passei o nariz em sua bochecha antes de tomar sua boca.

Seus dedos ainda estavam em meu cabelo, mas sua

mão oposta foi para meu ombro, cravando as unhas afiadas em minha pele.

Mal-humorada, pensei, amando suas garras.

Mas não aumentei o ritmo.

Eu o mantive lento e completo, saindo quase que completamente dela antes de voltar. Ela se apertou ao meu redor, suas paredes internas exigindo que eu lhe desse meu nó.

Mas eu valorizava a paciência.

Queria prolongar a experiência.

Fazê-la ofegar por isso.

Ela era tão responsiva e seu corpo tinha sido feito para aceitar minhas estocadas, minha circunferência, meu pau.

Nunca esperei ter uma companheira.

E agora não conseguia pensar em uma vida sem ela.

Minha Riley. Minha ômega. Minha fêmea.

Eu a beijei com toda a emoção que pude imaginar, querendo que ela entendesse a devoção e a gratidão que senti como resultado de nossa união.

Estava preocupado que ela saísse de seu cio e me abandonasse. No entanto, ela não o fez. Ela me aceitou sem olhar para trás. Sua única preocupação era entender tudo o que havia acontecido. Senti a dúvida nela, mas não era a que eu temia.

E eu a agradeci com minha boca, mãos e corpo.

Ela me envolveu com as pernas, movendo sua doce boceta contra mim em um beijo sensual de felicidade. Era tanto um convite, quanto uma provocação. Ela queria que eu a comesse com mais força enquanto me desafiava a não fazê-lo.

— Feiticeira — murmurei contra sua boca.

Ela sorriu.

— Me come, alfa.

— Estou comendo.

— Mais forte.

— Não. — Mordi seu lábio inferior e fui ainda mais devagar.

Ela rosnou.

O que provocou um rosnado meu, que a fez estremecer contra mim.

— Sim, dois podem jogar nesse jogo, ômega. — Apenas meu rosnado a deixou ainda mais molhada e carente.

— Não é justo — ela ofegou, arqueando para mim novamente. — Jonas.

Deixei beijos em sua orelha.

— Paciência, *ástin mín*.

Ela estremeceu.

— *Ástin min*. — Ela parecia estar saboreando o carinho, ou repetindo-o para ter certeza de que ouviu corretamente.

— Meu amor — sussurrei, traduzindo enquanto a penetrava por completo.

— Islandês?

— Hum-humm — murmurei, confirmando.

— Eu gosto — ela admitiu com um gemido. — *Mais*.

— Você é linda — eu disse a ela em islandês. — E muito minha. Só minha. Porque me recuso a compartilhar você, meu amor. Meu lobo escolheu sua loba. Meu nó pertence a você. Só a você.

Ela se contraiu ao meu redor, tremendo com minhas palavras em islandês. Ela não conseguia entendê-las, mas ouvia os tons sensuais em cada declaração.

— Você gosta quando falo com você na minha língua nativa? — perguntei, ainda transando com ela bem devagar.

— Sim — ela sibilou, me arranhando com suas garras mais uma vez. — Sua voz me lembra seu ronronar.

Soltei um grunhido de aprovação e sorri com a forma como seu corpo tremeu em resposta.

— Prefere isso ou meu ronronar?

— Os dois. *Tudo.* — Ela passou as unhas pelas minhas costas, segurando meu cabelo com a mão oposta. — *Por favor*, Jonas. Me dê o nó. Eu... eu *preciso.*

Dei um beijo em seu ponto de pulsação, amando o jeito que vibrou contra a minha língua, e voltei a boca para a dela.

Ela choramingou um pouco em protesto.

Mas aquele choramingo se transformou em um gemido quando dei o que ela precisava, estocando de uma forma que garantiu que ela sentisse cada centímetro.

— Toque seu clitóris — disse a ela. — Esfregue essa pequena protuberância inchada e goze no meu pau.

— Sim — ela sibilou, arrastando as unhas arrastando pela parte inferior das minhas costas enquanto alcançava entre nós.

Seu corpo estremeceu em resposta a sua própria carícia, me fazendo estocar mais rápido e mais forte.

Meu nome deixou seus lábios doces, suas coxas apertando em torno de mim.

Essa posição era mais íntima, porque me permitia ver as emoções em seu lindo rosto.

Toda excitação quente e expectativa dolorosa.

— Goze — exigi de novo. — Que vou te manter no clímax com meu nó.

Ela afundou os dentes em meu lábio inferior, tirando sangue quando gozou debaixo de mim.

Doeu da melhor maneira, me levando a seguir em frente e me forçando a segui-la até o ápice.

Porque minha ômega tinha acabado de me marcar. Não apenas com suas garras, mas também com seus dentes.

— *Puta merda*, Riley — gemi, alcançando a pequena cicatriz em forma de lua crescente em seu ombro. Não a mordi novamente. Apenas beijei a ferida cicatrizada que fiz durante minha reivindicação.

Ela se agarrou a mim enquanto eu a cobria com minha proteção e calor, jurando sempre estar ao seu lado, para protegê-la e sempre garantir que ela entendesse o que significava ser minha.

Podíamos não ter tido o começo ideal, mas cresceríamos a partir disso e nos tornaríamos muito mais como resultado.

Ela soltou um ruído baixo de contentamento que despertou meu ronronar. Seu suspiro resultante me disse que era exatamente o que ela queria, pois o som a acalmou enquanto ela continuava a estremecer ao redor do meu pau.

A combinação perfeita.

Um encontro destinado a muito mais.

Beijei minha marca mais uma vez antes de aproximar os lábios de sua orelha.

— Vamos tomar banho e comer. Depois disso, vamos correr. E esta noite, vou te dar o nó contra uma árvore.

Ou talvez isso se tornasse uma atividade do meio-dia.

Eu não tinha certeza se poderia passar mais que algumas horas sem estar dentro dela.

Meu lobo confirmou esse pensamento quando meu nó diminuiu e seu instinto de começar o cio novamente me atingiu com força.

No entanto, me forcei a escapar do paraíso úmido de Riley.

Então a levei para o chuveiro, que estava funcionando perfeitamente agora que toda a tecnologia solar havia sido descoberta.

Eu sentiria falta deste pequeno paraíso.

Mas precisávamos chegar à base. A esta altura, os outros deviam preocupados, deveríamos ter chegado há vários dias. No entanto, o calor de Riley durou uma semana. Então passamos dois dias extras na cama.

Não me arrependia.

E pelo jeito que Riley se inclinou para mim agora, eu sabia que ela também não.

Ela me deu um sorriso sonolento enquanto eu lavava seu cabelo.

— Estou começando a apreciar a coisa toda do vínculo agora.

— É? — Passei os dedos por seu cabelo, desembaraçando com o condicionador nele.

— É — ela repetiu, apoiando as mãos em meu abdômen enquanto esfregava sabonete em minha pele.

Quando ela não se afastou do meu torso, eu disse:

— Há mais em mim do que meu abdômen, *ástin mín*.

— Eu sei. — Seu toque desceu para o meu pau meio duro. Ela acariciou algumas vezes antes subir para massagear meu nó.

— Continue fazendo isso e vou te comer no chuveiro.

— Você diz isso como se fosse uma ameaça e não uma promessa — ela murmurou, apertando a base do meu pau.

— Talvez eu coma esse seu traseiro desobediente.

— Talvez eu goste — ela respondeu, arqueando uma sobrancelha ruiva em desafio óbvio.

Eu a encostei na parede, segurando seu cabelo, e pressionei minha excitação contra sua barriga macia. Ela era muito menor que eu. O que só parecia me deixar mais excitado por ela.

— Preciso que você seja capaz de correr — disse a ela. — Se eu pegar essa bunda empinada, você não vai conseguir se sentar, muito menos andar. — Me inclinei para aproximar os lábios de seu ouvido. — Mas se você for uma boa menina, farei isso na base para você gritar para todos os outros ouvirem.

Ela estremeceu.

— Sim, por favor.

Mordi o lóbulo de sua orelha.

— Me mostre que está falando sério e ensaboe o resto do meu corpo.

Ela levou as mãos de volta para meu tronco, dessa vez se aventurando para os lados e para as minhas costas.

— Uma loba tão boa — murmurei em islandês. — Continue fazendo isso e eu lhe darei ainda mais recompensas.

Ela respondeu com um suspiro, não tendo ideia do que eu disse, mas gostando do tom da mesma forma.

Beijei seu pulso e continuei meus cuidados com seu cabelo.

Então peguei o sabonete dela e esfreguei com cuidado cada centímetro de seu corpo.

Ela lavou meu cabelo enquanto eu me ajoelhava para alcançar suas pernas, esfregando meus longos fios antes de eu enxaguar nós dois.

No momento em que terminamos, eu estava mais que pronto para transar com ela de novo.

Mas não fiz isso.

Em seu lugar, me concentrei em alimentá-la.

Não nos preocupamos com roupas, apenas comemos nus na cozinha e bebemos água suficiente para garantir que estávamos bem hidratados para correr neste calor.

Assim que terminamos, ela assentiu.

— Estou pronta.

— Que bom. — Beijei sua têmpora e liderei o caminho para fora. — Vamos.

CAPÍTULO 15
JONAS

Em algum lugar da Carolina do Norte
Quatro dias depois

— Vou sentir falta disso — eu disse, olhando nos lindos olhos de Riley. As árvores se moviam acima, cheias de folhas que bloqueavam um pouco do sol da manhã, mas ainda pintavam um brilho angelical ao redor das feições deslumbrantes de minha companheira.

Seus lábios estavam entreabertos, as bochechas tinham um bonito tom de rosa de uma mulher recém comida e seu corpo ainda vibrava com seu prazer.

Ela montou em mim esta manhã, assim como nas anteriores, depois de dormir ao meu lado na forma de lobo durante a noite.

Assim que o sol começava a nascer, nós mudávamos de posição e transávamos. Depois, vasculhávamos a área em busca de comida antes de seguirmos em nossa jornada contínua.

E hoje seria a etapa final.

Fizemos um bom tempo, cobrindo muito terreno

durante o dia antes de encontrar lugares seguros para descansar sob a cobertura da floresta.

Havia algumas cabanas e casas ao longo do caminho, mas optamos por ficar na natureza e deixar nossos lobos vagarem.

Principalmente porque parecíamos transar cada vez que fazíamos a transição para nossas formas humanas.

Não que eu estivesse reclamando.

Falei a sério quando disse que sentiria falta de acordar assim todas as manhãs. Não poderíamos fazer isso na base. Pelo menos, não assim, debaixo das árvores e rodeados pelos sons tranquilos da floresta.

Era tranquilizador.

Quase um cenário utópico.

Mas, ao nosso redor, havia caos e miséria.

Realidade, pensei. *Uma realidade à qual precisamos voltar agora.*

Porque Riley ainda tinha um trabalho a fazer, assim como eu.

Ela viveu para seu trabalho e agora eu viveria por ela. Se ela quisesse passar o próximo século procurando uma cura, eu ficaria ao seu lado e ajudaria no que ela permitisse.

E lhe daria meu nó todas as manhãs, pensei enquanto ela se inclinava para roçar os lábios nos meus.

Ela sorriu contra a minha boca, com os seios apoiados contra o meu peito.

— Também vou sentir falta disso. Mas podemos correr e replicar esses momentos sempre que você quiser.

— Mesmo? — Eu a beijei suavemente. — Isso é uma promessa?

— Para quando você for um bom alfa — ela respondeu.

Contraí os lábios.

— E o que acontece quando eu for um alfa malvado?

— Hum. — Ela moveu os quadris contra os meus. — Não vou te montar quando você for malvado.

— É? — Agarrei seus quadris e a virei, ficando por cima. — Talvez eu rosne e te tome desse jeito, então — sugeri, com meu pau ainda duro apesar de ter acabado de gozar dentro dela. Essa mulher me deixava insaciável.

— Só se você prometer me chupar primeiro — ela me disse.

Arqueei uma sobrancelha.

— Se eu estiver sendo malvado, posso não me sentir inclinado a te dar prazer.

— Então vou agir como uma garota mimada para inspirar sua versão de punição — ela respondeu. Sua resposta atrevida foi direto ao meu coração e me arrancou uma risada.

Eu a beijei mais uma vez, amando senti-la debaixo e contra mim.

— Gostaria de saber um segredo, Riley? — perguntei baixinho.

— Sim — ela sussurrou de volta.

Aproximei os lábios de seu ouvido.

— Sempre vou estar inclinado a te dar prazer. *Especialmente* quando eu estiver sendo malvado. — Mordisquei o lóbulo de sua orelha e dei beijos em seu ombro. — Porque você é minha. E sempre vou querer te agradar, *ástin mín*.

Ela enfiou os dedos no meu cabelo para puxar minha boca para a sua.

— Posso te contar um segredo agora?

— Sempre — exalei contra seus lábios.

— Acho que você não sabe como ser um alfa malvado — ela me disse, em um sussurro. — Você é muito melhor

151

que todos os que eu já conheci. E estou feliz por poder chamá-lo de meu.

— Humm, então você pode dizer coisas boas para mim — provoquei, acariciando-a. — Acho que só precisava de um bom nó.

Ela riu e eu queria ouvir aquele som o tempo todo.

— Com certeza o seu nó é um benefício nesta situação.

— É mesmo? — perguntei, quase pronto para transar com ela novamente. — Você gostaria de mais desse *benef...*

Os pelos da minha nuca se arrepiaram, me avisando da sutil mudança de energia ao nosso redor.

Riley parou, com os olhos em mim. Ela podia não ter percebido a alteração ainda, mas notou que algo estava errado apenas pela minha reação.

— Se transforme — exigi enquanto me afastava dela. — Agora mesmo.

Ela não lutou comigo. Em vez disso, se transformou em um instante e ficou de quatro. Fiquei de pé e meus sentidos ganharam vida enquanto eu dilatava as narinas com o cheiro dos alfas que se aproximavam.

Ao menos dois.

Talvez três.

E a agressividade deles confirmou que não estavam aqui para uma conversa educada.

— Estamos a quase cinquenta quilômetros da base — eu disse, em voz baixa. — Vou te levar na direção que você precisa ir. Quero que você corra o mais rápido que puder, pelo tempo que puder, e não olhe para trás.

Ela soltou um gemido baixo protetor, o que fez um rosnado florescer em meu peito.

— Isso não está em debate, Riley. *Você vai correr.* — Infundi cada grama de força alfa nessas três palavras, pois meu lobo se recusava a considerar qualquer alternativa.

Ela obedeceria. Sobreviveria. E eu lutaria contra esses idiotas até o amargo fim.

A luxúria deles era misturada com agressividade. Alfas em busca da ômega que provavelmente farejaram a quilômetros de distância.

Eles não se importariam de que ela fosse acasalada.

Tentariam me tirar da equação e tomá-la para si.

Porque o cheiro que se aproximava revelava um fato muito importante: esses alfas eram *ferais*.

Eles não seriam gentis. Nem ouviriam a razão.

Dominância era o nome desse jogo.

E eu não poderia desempenhar meu papel com Riley ao meu lado.

Ela abaixou a cabeça, reconhecendo meu comando. Mas não antes de permitir que eu ouvisse outro gemido. Este demonstrava um pouco de medo, provavelmente porque sua loba percebeu o cheiro selvagem vindo em nossa direção.

Pressionei a mão em sua nuca e dei um bom aperto.

— Você é minha, Riley Campbell. E estou prestes a demonstrar o que isso realmente significa. Agora vamos correr.

Suas íris escuras encontraram as minhas, e uma sensação de compreensão pareceu se estabelecer entre nós.

E então pulei para longe dela e fiquei de quatro, enquanto meu lobo assumia o controle de imediato. Ele permaneceu ciente dos movimentos de Riley ao nosso lado enquanto nos movíamos. Seu cheiro era a principal indicação de que ela estava por perto.

Ela era rápida, me permitindo estabelecer um ritmo desafiador.

Mas não seria rápida o suficiente para ultrapassar os alfas em nosso encalço. Eles estavam nos caçando como presas, e considerariam Riley uma fraqueza.

Minha fraqueza.

Eu morreria por ela. E eles antecipariam isso. Era por isso que eu precisava que Riley corresse o mais rápido possível e tentasse alcançar uma distância segura antes que a luta começasse.

Se eles a tocassem, eu perderia o controle.

Me *despedaçaria*.

E meu lado estratégico tinha que estar engajado e focado para poder lutar.

Porque alfas ferais eram selvagens. Eles lutavam com os dentes, não com a mente. Eu usaria isso a meu favor.

Desde que eu pudesse conduzir Riley para um lugar seguro primeiro.

Caso contrário, eu estaria muito focado em protegê-la para *me* proteger.

Assim que chegamos à estrada rural que havíamos percorrido ontem, diminuí a velocidade e olhei para Riley. Ontem à noite, disse a ela que esta estrada levava ao Forte Bragg. Fiz um gesto com o focinho para que ela soubesse em que direção ir.

Mas ela desacelerou.

Eu rosnei e apontei novamente. *Vá.*

Ela piscou, então se encolheu com o uivo que soou à distância.

Agora, Riley, eu disse a ela com outro rosnado.

Ela acariciou meu focinho.

Pensei que ela estava tentando dizer *não vou a lugar nenhum*. No entanto, quando eu estava prestes a rosnar, exigindo sua obediência, ela disparou para frente.

E correu.

Seu pelo marrom-avermelhado brilhava sob o sol, sua forma era elegante, rápida, graciosa e tão bonita, que doeu meu coração vê-la fugir.

Mas o ar agressivo me trouxe de volta ao momento, prendendo minha atenção.

Esses filhos da puta escolheram o alfa errado para desafiar.

Recuei no meio da estrada, querendo um espaço aberto para a batalha que viria.

Meu focinho sentiu que pelo menos uma das feras que se aproximava era um Alfa do X-Clan. Mas o outro tinha o cheiro um pouco diferente. Não era do V-Clan... esses eram raros e não tão propensos a inclinações ferais. Mas algum outro tipo de lobo. Seria um alfa viking?

Independentemente disso, os dois pertenciam ao Território Exilado.

Eu podia sentir o cheiro da sujeira de suas tendências malévolas. Essas duas criaturas estavam destruídas, além da recuperação.

Podia ser alguma influência do vírus, mas era duvidoso. Alguns lobos eram predispostos a enlouquecer. Um deles podia ter perdido a companheira. Talvez tivesse passado muitos meses ou anos na forma de lobo.

Havia várias possibilidades.

No entanto, eu não tinha tempo para pensar nisso agora, porque eles estavam vindo, e se me derrotassem, iriam atrás de Riley.

A energia estática atingiu meu pelo, fazendo com que ele se arrepiasse. *Venham me pegar*, pensei, meu lobo rosnando baixo em um aviso malicioso.

A primeira besta irrompeu pela linha das árvores, com as mandíbulas separadas em um rosnado quando fixou os olhos em mim.

Esse é o Alfa do X-Clan. Agora, onde está seu amigo? me perguntei, com os pelos arrepiados enquanto eu farejava o ar. *Não estava longe. Mas não aqui.*

Semicerrei o olhar. *O que vocês dois estão fazendo?*

O grande lobo negro em minha frente não me deu nenhuma resposta. Apenas se lançou para mim com um rosnado feroz.

Me esquivei, querendo testar seu ritmo, ver com que tipo de habilidade eu estava trabalhando aqui. Ele tentou me atacar novamente, provando sua falta de sutileza.

Mas ele era grande.

E tinha muitos músculos.

Ele atacou mais uma vez, fazendo seu rosnado vibrar no ar entre nós.

Girei, em seguida me abaixei e o golpeei com minha pata, a tempo de acertá-lo bem na garganta.

Seus movimentos eram previsíveis, tornando-o fácil de desarmar.

Mas ele era selvagem, então um arranhão na garganta, que o estava fazendo se engasgar com sangue, não era suficiente para derrubá-lo.

Isso apenas diminuiu seus movimentos quando ele cuspiu, enquanto sua genética de metamorfo agia para curá-lo o mais rápido possível.

Ele continuou tentando me derrubar, com a confiança em seu peso e tamanho evidente a cada salto para frente.

Bati nele mais duas vezes com as patas, então dei um salto em suas costas.

Peguei seu pescoço com os dentes e puxei para o lado, derramando mais sangue.

Seus rosnados se transformaram em gorgolejos enquanto eu o mordia.

Até que ele caiu, ensopado no próprio sangue, morrendo.

Só quando ele deu seu último suspiro, percebi que seu amigo ainda não havia aparecido.

E seu cheiro não estava mais no vento. Pelo menos, não

de uma forma que sugerisse que ele estava se aproximando.

Me virei, procurando pelo rastro de sua agressividade.

Um alfa feral não fugiria de uma luta.

A menos que ele tivesse pegado algo mais interessante para perseguir.

Algo como uma ômega.

Corri na direção de Riley, perseguindo não apenas seu cheiro doce, mas também o fedor de agressão em seu rastro.

O alfa feral usou seu amigo como distração, sugerindo que ele poderia não estar confiando apenas em seus instintos, mas também em sua mente.

Talvez ele não seja feral.

Talvez tenha usado o outro alfa como isca.

O que significa que o verdadeiro desafio é perseguir Riley.

Puta merda.

Em algum lugar da Carolina do Norte

O FORTE AROMA de agressividade não desapareceu, só aumentou.

Corri mais rápido, esperando que fosse apenas o vento ou o cheiro persistente em meu focinho, mas minha loba sabia a verdade.

Um deles está me perseguindo.

E eu não conseguia sentir o cheiro de Jonas.

Ele está ferido? Será que o subjugaram?

Derrubar Jonas parecia uma façanha impossível, especialmente tão depressa.

Um dos alfas escolheu me perseguir em vez de lutar contra meu companheiro?

Isso sugeria que ele poderia não ser tão louco quanto seu cheiro indicava. A maioria dos lobos ferais confiava em seus instintos animais, o que significava remover os concorrentes antes de matar uma parceira em potencial.

Mas esse alfa parecia estar me perseguindo de forma estratégica.

Será que o Jonas sabe?

Se não soubesse, saberia em breve. Mas ele seria rápido o suficiente para me ajudar?

Tensionei a mandíbula. *Pense, Riley.*

Eu não era uma ômega normal. Mas minha loba se submeteria se fosse forçada a isso.

Embora acasalar com Jonas pudesse ter me deixado menos suscetível a certos truques dos alfas, como seus rosnados.

Mas se eu for pega, posso fingir que estou suplicando.

E usar sua vitória a meu favor.

Alfas não esperavam muito de uma luta com ômegas, algo que poderia me dar vantagem nesta batalha. Supondo que a fera não fosse tão selvagem quanto parecia.

O que sua trajetória e estratégia sugeriram que poderia ser o caso.

Não consigo manter esse ritmo, pensei, sentindo as pernas começarem a doer.

Não consegui manter a velocidade por muito mais tempo. E o alfa atrás de mim estava me alcançando. Seu tamanho e força não eram páreo para os meus.

Merda. Merda. Merda.

Pense, Riley, disse a mim mesma de novo. *Tem que haver algo que eu possa fazer para distraí-lo por tempo suficiente para o Jonas...*

Um homem apareceu em meu caminho vários metros à frente. Sua presença foi repentina e totalmente inesperada. *Um terceiro alfa.*

E este tinha uma faca.

Mas sem cheiro.

Cabelo escuro. Pele clara. Um sorriso perverso.

Como ele...?

Mas não havia tempo para pensar, não com o outro alfa rosnando atrás de mim.

Suplique, pensei. *Suplique e use sua fraqueza percebida como uma vantagem*.

Baixei a cabeça, fingindo me encolher, e diminuí o passo.

Jonas está chegando. Jonas está chegando. Jonas está chegando.

O canto passou pela minha mente e minha loba ficou segura da presença dele.

— *Se transforme* — o alfa diante de mim exigiu. — Ou vou fazer você se transformar.

Palavras muito coerentes, notei, farejando o ar de forma sutil. Não senti o cheiro desse alfa, o que estava atrás de mim nublava meus sentidos.

Mas como os dois me encurralaram agora, eu poderia dizer que eram muito menos selvagens, o que me sugeria que poderiam estar usando o outro metamorfo.

Inteligente, admiti, mesmo tremendo de frio.

Alguns sobrenaturais optaram por tirar proveito deste novo mundo. Não precisávamos mais nos esconder. Os humanos sabiam que existíamos e estavam muito ocupados se escondendo dos zumbis para se preocupar com muito mais.

O que deixou os lobos e outros seres paranormais governando a si mesmos.

E alguns desses seres não aceitaram bem as regras.

Esses dois alfas pareciam se enquadrar nessa categoria.

Parei a cerca de três metros do homem com a faca e abaixei a cabeça.

Então comecei a me transformar, assim como ele havia ordenado. Porque eu não tinha dúvidas de que ele cumpriria a ameaça de me forçar com um rosnar e, embora pudesse não funcionar de forma tão eficaz quanto o de Jonas, não queria provocá-lo.

Além disso, me dava uma oportunidade.

Demorei, não apenas para dar mais tempo a Jonas para alcançá-los, mas também para parecer fraca.

Os alfas não me apressaram, seus olhos estavam muito ocupados estudando minha forma enquanto eu a revelava.

Outra coisa para usar a meu favor, pensei. *Alfas são sempre tomados por ômegas. Mesmo os selvagens.*

Depois de vários segundos excruciantes, que pareceram minutos, finalmente fiquei de pé sobre os dois pés. Mas não levantei a cabeça. Em vez disso, observei os calçados do alfa que estava vestido.

Botas, pensei. *E jeans. Será que tem mais armas escondidas em algum lugar? Outra lâmina? Algo que eu possa usar?*

— Seu lindo pelo combina com seu cabelo — ele comentou. — Que bonita.

Quase bufei. Na verdade, eu costumava pintar o cabelo. Mas a infecção tornou isso um pouco difícil de manter, já que eu não podia ir a um cabeleireiro;

— Venha aqui — o alfa continuou. — Vamos nos conhecer melhor enquanto o Henrick lida com o seu alfa.

Ameacei tensionar a mandíbula, tanto com a insinuação em seu tom, quanto com a sugestão de triunfo em suas palavras.

Lida com meu alfa, repeti. *Certo.*

Mas queria que ele pensasse que isso seria fácil, desejava levá-lo a um falso estado de conforto.

Me forcei a me mover em direção ao alfa, e seu cheiro me disse que ele não era um lobo do X-Clan.

Também não era do V-Clan.

Nem alfa viking.

O que você é? me perguntei, respirando fundo. *Não é um Lobo Ash.*

Na verdade, ele não tinha cheiro de lobo.

Mas também não era humano.

A resposta veio a mim quando ele levou a mão para a

minha garganta, envolvendo facilmente meu pescoço enquanto me puxava para seu peito.

Vampiro, percebi, e parei de respirar quando ele levou o nariz ao meu pulso. *Não é à toa que não senti seu cheiro. Puta merda.*

— Humm — ele gemeu, roçando as presas em minha pele sensível. — Sangue ômega fresco.

O lobo atrás de mim rosnou.

— Sim, sim, eu sei. Vamos compartilhar. Você só precisa lidar com o *companheiro* dela. — Ele aumentou o aperto em minha garganta enquanto levava a mão oposta para meu quadril. Sua faca parecia ter desaparecido.

Em algum tipo de suporte? Ou sumiu mesmo?

— Você é ainda melhor que a recompensa descrita — ele sussurrou, me fazendo franzir o cenho.

Recompensa?

— Devemos ficar com ela para nós, Henrick? Ou usá-la antes de entregá-la?

O lobo atrás de mim grunhiu no momento em que Jonas soltou um uivo de advertência à distância.

Ele não se preocupou em disfarçar sua abordagem. O macho alfa queria que todos soubessem que mexeram com o metamorfo errado.

O vampiro me girou em seus braços, pressionando minhas costas contra seu peito. Sua mão permaneceu contra minha garganta, seus lábios em meu pescoço, enquanto a mão oposta foi para minha barriga.

Vampiros alfa normalmente não pegavam ômegas de outras espécies, a menos que fossem Ômegas do V-Clan. Embora meu sangue pudesse saciá-lo, ele não poderia acasalar comigo.

Ainda que ele pudesse me dar o nó, algo que todos os vampiros alfa possuíam, além das presas, eu não queria que isso acontecesse.

E o outro macho era um alfa viking, algo que ficou óbvio por causa de seu pelo branco e tamanho anormalmente grande.

Seu cheiro também o delatou.

Mas eu não sabia por que ele estava neste continente. Sua espécie residia perto da Escandinávia.

— Há um lindo prêmio por sua cabeça — o vampiro murmurou contra meu pulso. — Mas exigem que você esteja viva. Alguém sente a sua falta. O que me faz pensar quem, já que não é seu companheiro.

Também gostaria de saber a resposta para isso, pensei, franzindo a testa. *O conselho internacional acha que estou perdida? Estão usando um serviço de caçadores de recompensas para me encontrar?*

Imaginei que estávamos vários dias atrasados, e não era como se Jonas ou eu tivéssemos telefonado para atualizar.

Mas contratar caçadores de recompensas?

Isso não parecia muito com algo que o conselho faria. Seria mais fácil enviarem militares como Jonas antes de convocarem bandidos.

Principalmente por causa da situação em que eu me encontrava agora: caçadores de recompensa não eram confiáveis para fazer a coisa certa.

Jonas correu para frente, e vi seus olhos de um azul mais escuro em forma de lobo absorver tudo ao seu redor em uma única olhada.

— Ah, bem-vindo à festa — o vampiro ronronou, descendo a mão em clara intenção. — Eu estava conhecendo melhor a sua companheira. Parece justo, depois que você assassinou nosso animal de estimação.

Animal de estimação? repeti para mim mesma. *Ele está se referindo ao amigo feral que enviou atrás de Jonas como distração?*

Meu companheiro parou no meio do caminho e vi a

onda de fúria que o atingiu ao olhar o macho atrás de mim.

Henrick rosnou e investiu contra Jonas, explorando sua súbita imobilidade.

Mas Jonas reagiu em um piscar de olhos, cortando o ombro do outro macho.

Os dois começaram a brigar em uma confusão de pelos, garras e dentes.

Tremi, a agressão fez meus joelhos fraquejarem.

— Vai acabar logo, lobinha — o vampiro me prometeu, roçando os lábios em meu pulso. — Muito em breve.

Jonas rosnou, avançando em nossa direção, mas foi puxado para trás pelos dentes do outro lobo em seu flanco.

Merda. Foi por isso que ele me disse para correr. A besta de Jonas não conseguia se concentrar comigo nos braços de outro alfa. Ele precisava que eu estivesse livre. Que eu estivesse ilesa. Ele tinha que saber que eu não estava...

Algo afiado tocou minha garganta. O vampiro trouxe a lâmina de volta.

— Ah, ah, ah — ele resmungou. — Nada disso.

Não entendi a princípio.

Mas então percebi que Jonas estava com as presas na garganta do outro lobo.

Havia sangue escorrendo por seu queixo.

Ele estava ganhando, pensei.

Jonas estava prestes a vencer, algo que o vampiro havia detectado, e agora...

Agora ele está me usando para distrair ainda Jonas mais.

CAPÍTULO 17

RILEY

EM ALGUM LUGAR DA CAROLINA DO NORTE

ESSES SERES NÃO ERAM SELVAGENS. Algo que eu já havia concluído, mas isso só provou o quanto eles eram astutos e cruéis.

Me encolhi quando a adaga penetrou em minha pele e a ardência me fez dar um grito assustado.

Jonas soltou o lobo e deu um passo para trás.

O outro alfa não perdeu tempo em derrubá-lo e prendê-lo com suas garras e dentes.

Não, não, não!

Isso não podia acontecer.

Jonas lutou, mas o vampiro me cortou mais uma vez, desta vez gemendo enquanto levava a lâmina à boca para lambê-la.

Enquanto sua mão oposta apertava meu sexo.

Ele ainda não havia me tocado lá, apenas pousou a mão logo abaixo do meu umbigo com a clara intenção de provocar Jonas.

No entanto, agora o vampiro estava me reivindicando de forma íntima.

Ele estava lambendo meu sangue da lâmina e me tocando de uma forma que só Jonas deveria fazer.

E estava deixando a besta do meu companheiro louca.

Os sons que vinham de Jonas me lembraram os do lobo selvagem, mas ele estava preso, ferido e sem contato com seus sentidos estratégicos.

— Jonas — sussurrei.

Não queria que seu nome saísse como um apelo, mas os lábios do vampiro acariciaram meu pescoço no momento em que falei.

Meu companheiro soltou um uivo de fúria que fez o macho rir atrás de mim.

— Tão indefesa — ele comentou, traçando meu pescoço com a língua. — Como uma verdadeira ômega.

Semicerrei os olhos com isso, sentindo uma parte do meu cérebro reacender depois de ter se desligado pelo choque dos últimos minutos.

Caramba, foi mais como segundos.

Tudo estava acontecendo tão depressa que mal conseguia digerir a cena totalmente.

Até agora.

Até que o vampiro disse essas últimas palavras.

Posso ser ômega, pensei. *Mas sou muito mais que isso. Sou uma ômega com dentes.*

O alfa estava tão consumido pelo meu sangue, lambendo-o de sua lâmina, que não percebeu quando iniciei minha transformação, começando pelas mandíbulas.

Apenas o suficiente para deixar meus caninos muito mais afiados.

E então fui para o tendão sensível entre o polegar e o indicador, enquanto chutava sua canela com o calcanhar.

A faca caiu no chão quando cortei a ligação do tendão, e o vampiro cambaleou para trás em estado de choque. Com o chute, ele perdeu o equilíbrio e caiu.

Pulei para frente e terminei minha transformação, que aconteceu muito mais rápido que costumava, depois de passar quase duas semanas com meu companheiro.

Transando.

Comendo.

Bebendo.

E me *transformando*.

Nosso acasalamento me capacitou de uma forma que nunca previ, me levando para mais perto da alma de minha loba.

Jonas chutou o outro alfa para longe. Sua pata me alcançou e ele me empurrou para trás de si, enquanto se posicionava contra os outros dois machos.

Seu rosnado foi o som mais ameaçador que já ouvi. Prometia assassinato. Ele jurou me *proteger*.

Ele não deu tempo para nossos atacantes se recuperarem. Atacou, indo para o vampiro desta vez, em vez do lobo.

Considerando que vampiros – *especialmente* alfas – possuíam velocidade e força não naturais, entendi sua escolha. Vampiros alfa eram criaturas cruéis, imunes à luz do sol e sedentos de sangue. Só consegui ganhar vantagem por causa da sua distração do, e agora Jonas estava explorando essa lesão.

Ele afundou as mandíbulas no peito do vampiro, enfraquecendo-o ainda mais.

Antes de derrubá-lo no chão para morder seu pescoço.

O vampiro lutou, passando os braços ao redor de Jonas e apertando, enquanto o alfa viking avançava para enfiar as presas em meu companheiro novamente.

Então os três se tornaram um borrão de rosnados aterrorizantes.

Dei vários passos para trás, mas o brilho da lâmina chamou minha atenção.

Eu não era páreo para esses alfas em forma de lobo, pelo menos em termos de força e dentes.

Mas ficaria melhor de pé com uma faca na mão?

Um estalo me distraiu de minha análise.

Um dos corpos caiu no chão.

O alfa viking, pensei, aliviada.

Até que o vampiro e Jonas começaram a girar ainda mais rápido. Seus sons eram guturais e estranhos.

Nunca tinha visto um vampiro lutar contra um lobo. Às vezes acontecia, mas apenas Alfas do V-Clan costumavam lutar contra vampiros alfa. E para proteger uma companheira ômega.

Outro som feroz veio da briga, este não identificável.

Pulei para trás novamente enquanto eles continuavam a se mover, os dois alfas parecendo estar em termos iguais.

Ou talvez desiguais, me preocupei.

Jonas era um homem forte, que foi criado por lobos do V-Clan. Mas ele não possuía a magia deles. Também não era como vampiro. Ele não bebia sangue. Não hibernava. Ele era um metamorfo do X-Clan.

Meu metamorfo.

Meu companheiro.

Eu tinha que fazer algo para ajudá-lo.

Eu só... não sabia o quê. Também não possuía magia.

Mas sei abrir um corpo, pensei, olhando de novo para a lâmina. Sei agir como um mortal com bisturi. Por que não uma adaga?

Rastejei para a frente, mas os alfas, que giravam, me atingiram e me mandaram vários metros para trás.

Um som ecoou no ar, seguido pelo uivo de dor de Jonas quando o borrão diminuiu.

— Você foi um oponente admirável — o vampiro comentou enquanto deixava Jonas cair no chão. — Mas não o suficiente.

Ele ergueu a bota, o ângulo indo em direção ao pescoço de Jonas.

Minha loba reagiu sem pensar, avançando, apontando as mandíbulas para a garganta do vampiro. Ele me pegou e me girou até me derrubar no chão, cobrindo meu corpo com o seu e rosnando com pura ameaça.

Mas meu animal não se curvou. Ela avançou, querendo arrancar seu rosto.

O que o fez *rir*.

Merda de *risada*.

— Nossa, mas você é uma ômega mal-humorada — ele comentou. — Vou gostar de te destruir.

— Isso seria lamentável — outra voz falou, e a cadência irlandesa era familiar. Kieran. — Prefiro que ela esteja inteira.

Tentei olhar, mas o vampiro se moveu em cima de mim, distorcendo minha visão.

— Ah, vamos — Kieran disse enquanto mandava o vampiro para uma árvore próxima com um movimento de sua mão. — Não acredito que você já está indo. Eu estava esperando para bater um papo.

Ele forçou o macho a cair no chão com outro movimento da mão, sua presença exigindo que o outro macho se *ajoelhasse*.

Vampiros eram excepcionalmente poderosos.

No entanto, Kieran era da realeza do V-Clan – um futuro *rei*.

Ele possuía magia antiga. A magia que eu podia sentir

169

agora atacar o campo e estrangular o vampiro. Não haveria luta entre eles.

Kieran já havia vencido.

E o vampiro também sabia.

— Veja, ofereci a recompensa sabendo que todos vocês, caçadores de recompensa, abraçariam a causa e encontrariam a dra. Campbell. Tudo que eu tinha que fazer era rastrear seus movimentos e permitir que me levassem até ela.

Bem, isso explica a recompensa, pensei, tremendo sob a onda de domínio de Kieran. Ele não estava disfarçando sua energia, o que garantia que todos ao seu redor, vivos ou mortos, sentissem sua autoridade.

— Mas deixei meus requisitos muito claros — ele continuou. — Eu queria a dra. Campbell viva e intocada. — Ele olhou para mim, com as maçãs do rosto afiadas acentuadas pela tensão de sua mandíbula quadrada. — Ela me parece ter sido tocada.

Quase bufei em resposta, mas uma exalação trêmula de Jonas chamou minha atenção no próximo segundo.

Merda.

Me transformei de volta para a forma humana e corri para ele. Meu companheiro não estava mais consciente, e seus ossos pareciam fraturados. *Do vampiro tê-lo apertado*, eu percebi.

Ele estava coberto de cortes, uma combinação de ferimentos de garras e dentes.

— Kieran. — Não pude evitar o senso de urgência em minha voz. — Ele está morrendo.

— Verdade — Kieran concordou.

O vampiro gritou, mas não me incomodei em olhar para ele.

Parecia que Kieran havia decidido aplicar a declaração ao outro sobrenatural.

Eu não iria protestar.

Nem dar a ele o respeito de vê-lo morrer.

Meu foco permaneceu em Jonas. *Meu companheiro. Meu amor.* Sussurrei seu nome e minhas mãos pareciam se mover de forma inútil sobre ele.

Eu não sabia o que tocar primeiro. Nem tinha certeza se poderia ajudá-lo. Ele estava... estava sangrando. E não se curando.

Mal respirava agora.

Puta merda.

— Kieran! — gritei desta vez, passando as mãos ainda impotentes sobre Jonas. Eu era médica. Eu... eu tinha conhecimento médico. Tinha que curá-lo. Mas como? Onde? Sem ferramentas, sem... sem... *Ah, luas...*

Olhei em volta, procurando por algo que pudesse ajudar. *Ervas*, pensei. *Plantas medicinais. Talvez. Algo. Tem que haver alguma coisa!*

O Alfa do V-Clan se ajoelhou ao meu lado, com o olhar em Jonas antes de olhar para mim. Ele parecia examinar meu rosto e corpo em busca de lesões. Sua expressão era puramente clínica.

— Você está bem?

— Não! — gritei. — Não, não estou bem. O Jonas está morrendo.

— Sim — ele concordou calmamente. — Ele está.

— Eu... — Não tinha certeza do que dizer. — Eu tenho que salvá-lo. Precisamos... não sei. Não sei! — A histeria se espalhou por minhas veias, me fazendo tremer.

Acalme-se, eu disse a mim mesma. *Acalme-se e se concentre. É isso o que você faz. Você salva vidas. Salve o Jonas. Salve o Jonas!*

Mas minha loba estava em pânico, fazendo meu coração bater muito forte em meu peito. Seu terror sufocou minha capacidade de pensar, e minha alma já estava chorando pelo homem que eu comecei a... a *amar*.

— Vejo que seu segredo foi revelado — Kieran disse, olhando para Jonas. — Ele não perdeu tempo em te reivindicar.

— Eu... eu entrei no cio. — Uma afirmação óbvia, que Kieran já havia presumido, já que ofereceu uma recompensa por sua amiga ômega, algo que iríamos discutir mais tarde.

— E ele te reivindicou — Kieran resumiu.

— Sim. Mas não acho... acho que ele não teve escolha. Não apenas por causa do meu calor, mas porque nos desejávamos. Ele era meu. Eu era dele. Nossos lobos falaram por nós. O homem... o homem fez o que sua besta exigiu dele.

— Sempre temos uma escolha, pequena — Kieran respondeu, erguendo as mãos sobre o corpo moribundo de Jonas.

Ele começou a voltar ao seu estado humano, revelando todos os ferimentos horríveis que sofreu.

Ah, Jonas. Estremeci.

— Você pode... você pode curá-lo? — Sabia que Kieran possuía habilidades de cura. Foi por isso que ele se tornou médico, ou melhor, por que concordou em ajudar na pesquisa do vírus. Mas eu não tinha certeza da profundidade desses talentos, se ele poderia ajudar Jonas agora ou não.

— Posso, sim. — O Alfa do V-Clan me olhou com uma expressão curiosa. — Mas se ele morrer, sua reivindicação morre com ele. Isso pode te machucar. No entanto, posso curar essa dor. Se for o seu desejo. E você pode voltar a se esconder como fazia antes, como se fosse beta.

Olhei boquiaberta para ele.

— O quê? — Como ele poderia dizer isso? *Porque é o que eu gostaria há duas semanas.*

Mas agora...

— Ou posso curá-lo para você — Kieran continuou, ignorando minha reação. — O que você prefere?

— Seria isso? — perguntei em um sussurro. — Se... se eu quisesse minha liberdade...?

— Eu lhe daria. A recompensa foi oferecida para alguns poucos selecionados. Eles seriam facilmente manuseados.

Manuseados, repeti para mim mesma. *Mortos.*

— Você faria isso por mim?

— Sim. — Ele me deu um sorrisinho. — Considero você uma amiga, Riley. Algo que não tenho muito.

Eu podia acreditar nisso, dada a sua história e título.

— Então, se eu quiser que ele seja curado? — me esquivei, a esperança florescendo dentro de mim. *Kieran pode curar Jonas. Ele pode trazê-lo de volta. Ele pode deixar meu companheiro inteiro novamente.*

— Vou curá-lo — ele responde. — Mas você precisa escolher logo. Ou a escolha será tirada de...

— Cure-o — interrompi, com o coração muito acelerado. — Por favor, cure-o.

Kieran me observou por mais um momento, e aquele sorrisinho pareceu alcançar seus olhos escuros.

— Como quiser, pequena.

CAPÍTULO 18
JONAS

ESPAÇO AÉREO NÃO IDENTIFICADO

KIERAN FILHO DA MÃE. Quando eu acordasse, ia dar um soco na boca do *Príncipe Encantado.*

Ouvi quando ele se ofereceu para me deixar morrer. Eu estava perdido, em transe, com minha alma tentando se curar enquanto meu corpo negava o pedido.

Mas estava um pouco consciente. Meu espírito estava ligado ao de Riley e agarrado ao seu calor. Ao seu cheiro. A sua presença.

— Se ele morrer, sua reivindicação morre com ele.

Riley ficou assustada. Mas quando chegou a hora de decidir sobre minha vida, ela não hesitou em pedir para me curar.

No entanto, a oferta me incomodou.

Caramba, *Kieran* me incomodava. Suas besteiras heroicas e fala mansa fizeram Riley rir enquanto ela passava os dedos em meus cabelos.

Kieran disse que eu precisava descansar. Me colocou

174

em algum tipo de êxtase. Mas eu não tinha dúvidas de que ele sabia que eu podia ouvir cada palavra agora.

— Uma recompensa — Riley falou com um tom de aborrecimento. — Para uma ômega.

— Humm — Kieran murmurou. — Senti seus supressores diminuírem durante nossa última semana no complexo. Se lembra?

— Sim. — Ela parecia descontente. — Mas eu não deveria ter precisado de outra dose tão depressa.

— Você não deveria ter precisado deles para começar — ele rebateu. — E no ano passado, eu te avisei que a sua loba aprenderia a metabolizá-los.

— É por isso que eu estava trabalhando em um soro mais eficiente, algo que eu poderia ter aperfeiçoado se você tivesse me ajudado.

— Sabe que não tolero o uso de supressores, Riley. — A repreensão em sua voz me irritou. Embora eu concordasse, não era seu papel repreender *minha* companheira. — Não é natural esconder sua distinção, e é por isso que sua loba não parou de lutar contra.

Riley suspirou, parando os dedos em meu cabelo.

— É fácil para você dizer isso. Você é um alfa, Kieran. Essa é uma *distinção* muito diferente.

— Verdade — ele concedeu. — E eu entendo porque você desejou se esconder. Alfas do X-Clan carecem de certo decoro e habilidade quando se trata de cortejar suas ômegas.

Se eu pudesse, teria bufado. *Idiota.*

— Sim. — A concordância de Riley me fez rosnar por dentro. — Mas o Jonas não apenas me reivindicou. Ele... ele me mostrou o que alfas bons querem de uma companheira.

— É mesmo? — Kieran parecia intrigado. — E o que um alfa bom quer de uma companheira?

LEXI C. FOSS

Ela voltou a passar os dedos pelo meu cabelo até meus ombros, antes de deixar minhas mechas em favor do meu peito nu.

— Uma parceira. — Ela colocou a palma da mão sobre o meu coração. — Uma companheira de vida.

O silêncio caiu por um longo momento antes de Kieran dizer:

— O Jonas é um bom alfa. Ele vai cuidar de você.

Você diz isso agora, pensei para ele. *Depois de oferecer a opção de me deixar morrer.*

— Sei que ele vai — Riley respondeu, passando a mão pelo meu torso e voltando para meu pescoço. — Não sou o tipo de loba que obedece sem motivo.

Kieran riu.

— Você vai infernizá-lo. Eu gostaria de estar por perto para ver isso.

— Talvez você esteja.

— Não. Ele não vai querer ficar no Território de Sangue.

É para lá que estamos indo? me perguntei. *Território de Sangue?*

— Por que não? A mãe dele vive lá. É onde ele cresceu. E você tem a tecnologia para criar um novo laboratório. Faz sentido morarmos com você — Riley apontou. Seus argumentos eram sólidos, mas a ideia me deixou enjoado.

Ou mais enjoado, de qualquer maneira.

Qualquer que fosse a magia que Kieran tivesse usado para me curar, já tinha me feito sentir assim.

A ideia de voltar ao Território de Sangue e ficar lá só piorava a sensação.

— O Jonas não vai ficar confortável no Território de Sangue — Kieran disse a ela. — Ele precisa estar em um bando onde possa estar em pé de igualdade, e ele nunca se sentiu assim entre os lobos do V-Clan. Por isso ele foi embora.

Entre outras razões, pensei, um tanto aborrecido pelo fato de o *Príncipe Encantado* ter percebido esses detalhes sobre mim sem nunca ter perguntado.

— Ele é um alfa — Kieran continuou. — Precisa se sentir no controle. Ele não pode ter isso no meu território. Não por causa de qualquer coisa que eu ou meus lobos façamos, é apenas uma progressão natural. Os lobos do V-Clan e os do X-Clan podem acasalar, mas somos animais muito diferentes.

Essa era uma maneira educada de dizer que os Alfas do X-Clan eram inferiores aos do V-Clan.

Eu não poderia culpar sua lógica, pois era verdade até certo ponto. Todas as espécies tinham suas próprias forças. Mas os lobos do V-Clan eram notoriamente letais e tinham uma classificação mais alta no índice de predadores que a maioria dos sobrenaturais.

Vampiros eram um de seus principais adversários.

Daí minha gratidão a Kieran por lidar com o vampiro alfa quando não fui capaz.

A maioria dos homens na minha situação poderia não gostar dele por se mostrar mais forte e mais capaz na situação. Mas não era meu caso. Eu não estava muito orgulhoso de admitir que ele salvou minha pele.

Foi o resultado dessa situação que me irritou.

E sua subsequente oferta de me deixar morrer, juntamente com sua franqueza agora com Riley.

Minha, meu lobo continuou rosnando. *Riley é minha.*

Ela e Kieran eram amigos. Eu aceitava. Mas isso não impedia meu animal possessivo de querer rosnar sua reivindicação.

Ele não se importava que Kieran tivesse uma companheira.

Bem, um ômega *prometida*, de qualquer maneira.

Alfas do V-Clan cortejavam suas ômegas de maneiras muito diferentes, com a metodologia de Kieran sendo uma das mais originais que já vi.

Independentemente disso, ele ainda não estava comprometido por completo com sua noiva, tornando-o um adversário em potencial. Pelo menos, aos olhos do meu lobo interior.

— Para onde você recomendaria que fôssemos? — Riley perguntou baixinho depois de um longo silêncio. Ela deveria estar avaliando as palavras de Kieran e percebendo como eram verdadeiras. — Os laboratórios foram todos destruídos. Onde continuaremos nossa pesquisa?

Kieran suspirou.

— Admiro sua tenacidade, Riley. Sempre admirei. Mas nós dois sabemos que não há cura. Nem mesmo minha magia pode curá-los.

O toque dela parou contra meu ombro.

— Você está desistindo.

— Não estou desistindo. Estou aceitando o destino. O melhor que podemos esperar agora é uma maneira de parar a mutação. — Sua voz era um estrondo baixo, o som parecia mais um rosnado que um ronronar. — O Rohan ligou enquanto você estava... indisposta.

— E? — ela pressionou.

— Teve um novo caso na Dinamarca. Um alfa viking. Parece que ele fez a transição ontem à noite e está com morte cerebral, como os Lobos Ash que foram mordidos.

Puta merda, pensei. Isso significava que o vírus havia se espalhado para duas raças de lobos.

— Ele está coletando amostras — Kieran continuou. — Vou colocá-los no laboratório para revisar. Mas neste ponto, nosso foco precisa mudar para conter a mutação. Porque, mesmo com uma cura, o que ela realmente curaria? Uma vez que o cérebro é destruído, não resta nada além de uma casca.

Riley arranhou minha pele enquanto fechava a mão em punho. Sua ira era como um chicote para meus sentidos, mas ela não falou.

Ela se calou, irada.

— Você sabe que estou certo, pequena — Kieran disse em um murmúrio que me fez rosnar por dentro.

Eu não tinha apreciado quando ele a repreendeu.

E não gostei de ele a consolar agora. Mesmo que fosse o que ela precisava.

— Há uma clínica em construção no Território de Andorra — ele continuou. — Um Beta do X-Clan chamado Ceres está organizando. Você o conhece?

— Já nos conhecemos. — A voz baixa de Riley partiu meu coração. Ela estava com raiva, mas não com Kieran. Ele falou a verdade e ela sabia. O que a minha companheira odiava era o fato de que ele estivesse certo.

Algo que eu entendia muito bem.

Não gostava muito do alfa, mas ele era o Príncipe do Território de Sangue por um motivo. Ele sabia o que estava fazendo.

Foi por isso que comecei a suspeitar que toda essa conversa – e o fato de que ele estivesse garantindo que eu pudesse ouvi-la – era para *meu* benefício.

Ele queria que Riley fosse feliz.

E estava guiando-a para um lugar onde ela poderia prosperar.

Como *minha companheira.*

Se eu fosse capaz de mover meu corpo, teria cerrado minha mandíbula.

— O alfa do território é novo — Kieran murmurou. — Ele está procurando alguém com as suas habilidades para liderar o laboratório que Ceres está construindo.

Com certeza ele está levando a Riley a algo.

Ela devia estar compartilhado minha suspeita porque perguntou com ceticismo:

— Por que não dá para o Ceres?

— Pelo que entendi, ele é especialista em transformar humanos em metamorfos. Especificamente, metamorfos do X-Clan. Como resultado, ele seria um parceiro viável na compreensão da genética do lobo. No entanto, ele não tem experiência em epidemiologia. Vocês dois poderiam fazer história juntos.

Cretino inteligente, pensei, quase me divertindo com suas travessuras. Ele sabia que Riley não recusaria esta oportunidade.

— Está tentando se livrar de mim, dr. O'Callaghan? — ela perguntou, o tom de provocação em sua voz fez meu animal interior resmungar de aborrecimento.

— Oh, *macushla*, se eu pudesse ficar com você, eu ficaria. Mas seria um crime de minha parte impedi-la de brilhar como a joia que você é.

Vou matá-lo, decidi. *Arrancar sua língua de fala mansa da boca e fazê-lo engolir.*

— E o Território de Andorra não é apenas uma oportunidade para você — ele continuou, aquela voz macia dele fazendo meu sangue ferver. — É uma oportunidade para o seu companheiro também.

— Mas o alfa do território provavelmente não vai deixar uma ômega comandar seu laboratório — ela argumentou. — Quero dizer, presumo que ele seja um lobo do X-Clan, certo? O Território de Andorra é todo X-Clan?

— Sim — Kieran confirmou. — Mas Ander Cain não é como os alfas com os quais você cresceu. Seu pai é o Alfa do Território Nórdico.

Alfa Ludvig, traduzi. Mas eu já sabia disso, pois também reconheci o nome de Ander.

Conheci Alfa Ludvig antes. Ele era um bom lobo. Muito respeitado também.

— Não conheço muito bem os territórios europeus — Riley admitiu. — Mas os Alfas do X-Clan não costumam permitir que ômegas fiquem fora do ninho.

— Foi isso o que o Jonas lhe disse? — ele perguntou, me fazendo querer rosnar de novo.

Não. Eu não disse isso a ela, seu filho da puta. Se ele me deixasse acordar, poderia falar por mim.

—Jonas não é um Alfa do X-Clan normal. Ele cresceu no Território de Sangue.

— O que, tenho certeza, aumentou seus níveis de charme — Kieran concordou.

Sim, vou te mostrar como sou charmoso quando você me deixar sair dessa porra de coma.

— Mas existem alfas que não apenas encorajam as ômegas a fazer mais que se aninhar; eles *esperam* isso. E Alfa Ludvig é um desses. Todos os lobos de seu território têm empregos, até mesmo sua companheira ômega. Imagino que seu filho tenha sido criado com uma expectativa semelhante, e é por isso que já manifestou interesse em falar com você.

Riley apoiou a palma da mão contra o meu peito.

— Alfa Ander manifestou interesse em falar comigo?

— Sim. Ele ouviu sobre o que aconteceu com o complexo do CCPD e enviou um aviso de que precisa de um epidemiologista com o seu conjunto de habilidades.

— Ele sabe que eu sou ômega?

— Ainda não — Kieran respondeu. — Apenas alguns estão cientes desse detalhe, por causa da recompensa que ofereci. Mas isso não vai impedir o interesse de Ander em conhecê-la. Suspeito que Jonas seja de interesse dele também, dado seu passado militar. Ander precisa de alfas fortes para se aliar se quiser manter seu novo território na linha. Caso contrário, ele vai correr o risco de dissidência.

Ander tinha apenas vinte e cinco anos, talvez trinta, o que o tornava muito jovem para liderança. Sua genética era correta, especialmente como filho de Alfa Ludvig, mas haveria desafios baseados em sua idade. Ele precisaria de uma equipe forte para manter a hierarquia.

— E você acha que o Jonas vai preferir isso ao Território de Sangue — Riley afirmou.

— Sim. — Kieran parou por um instante. — Mas você pode conversar com ele para decidir. Se quiser permanecer no Território de Sangue, farei um laboratório para você. Você tem opções. Considere-as. E lembre-se do que você me disse sobre Jonas.

— Eu falei muito sobre o Jonas.

— Sim, mas há um item em particular que você precisa ter em mente, *macushla*.

— O quê? — ela perguntou, parecendo roubar as palavras de mim. Porque eu também queria saber.

— Lembre-se de que ele quer uma companheira — ele falou baixinho. — Uma parceira. Então seja parceira dele, Riley. Conversem e tomem a decisão que seja melhor para vocês dois. *Juntos*.

CAPÍTULO 19

RILEY

Território de Sangue

Me deitei ao lado de Jonas, esperando que ele acordasse.

Kieran nos ofereceu uma de suas suítes para usarmos enquanto meu companheiro se recuperava, o que ele me garantiu que aconteceria em breve.

— Ele vai voltar em uma ou duas horas — Kieran disse antes de sair. — Seu corpo só precisa acompanhar sua mente.

— O que você quer dizer?

— Tenho certeza de que ele vai explicar — Kieran respondeu com uma sugestão de sorriso. — Aproveite, *macushla*.

Querida, traduzi, ciente do que aquele termo carinhoso significava. Kieran só usava porque sabia que eu gostava da maneira como seu sotaque irlandês brincava com a palavra. Ele dizia que meu sorriso me traiu desde o primeiro dia e jurou me chamar de *macushla* desde então.

O Alfa do V-Clan era um paquerador. Mas isso era apenas parte de seu charme. Outra ômega possuía sua alma, uma mulher que ele havia mencionado algumas vezes de passagem. Pelo que percebi, eles estavam jogando algum tipo de jogo de esconde-esconde. Foi isso o que inicialmente o levou ao CCPD: sua ômega estava escondida em Atlanta.

Foi quando o inferno se abriu.

E ele mudou o foco, usando seus poderes de cura para ajudar na pandemia.

Mas, como ele disse no avião, a cura nos iludiu. Não parecia existir, mesmo com todo o nosso acesso a essências sobrenaturais e genética.

Kieran tinha razão: mesmo que encontrássemos uma cura, quanto da mente humana teria que sobrar para que funcionasse?

Suspirei com a cabeça apoiada no ombro de Jonas. enquanto continuava esperando que ele acordasse.

— Preciso de um novo caminho — murmurei para mim mesma. — Não posso desistir do potencial de cura. Mas o Kieran tem razão sobre a necessidade de mudar nosso foco para as mutações. A notícia de Rohan sobre o alfa viking prova que outra mutação perigosa existe.

Precisávamos parar o vírus antes que ele começasse a afetar os lobos do X-Clan, do V-Clan, do W-Clan ou qualquer outra pessoa.

Exceto talvez vampiros, pensei. *Não gosto deles.*

Embora Kieran tenha mencionado ser amigo de um. Talvez nem todos fossem um monstro como o vampiro que conheci há algumas horas.

Aquele que quase destruiu meu alfa.

Dei um beijo no peito de Jonas, bem em cima de seu coração.

— Obrigada por me proteger — sussurrei. — E por me reivindicar.

— De nada — ele respondeu, me assustando.

Voltei meu foco para seu rosto.

— Jonas? — Pisquei. — Você está acordado!

— Estive acordado o tempo todo — ele resmungou, passando seu olhar por mim para a mesa de cabeceira.

Fui até lá para pegar o copo de água.

O Território de Sangue estava funcionando como se não estivéssemos no meio de uma pandemia. Eles protegeram a maior parte da população da Islândia, dando abrigo aos humanos dentro de suas fronteiras, desde que certas regras fossem seguidas.

Eles também tinham uma provisão de sangue em vigor, algo que os lobos do V-Clan consideravam uma forma de impostos sobre a propriedade.

Jonas bebeu quase a água toda antes de dizer:

— Minha mente não apagou. Ouvi tudo nas últimas... não sei quantas horas.

— Já passa da meia-noite aqui — disse a ele. — Mas já se passaram pouco mais de doze horas. E você ouviu tudo? Até as coisas no avião?

— E antes disso, quando o Kieran se ofereceu para me deixar morrer — Jonas murmurou. — Sim. Ouvi tudo.

Ele parecia zangado, mas eu não tinha certeza do porquê.

— Eu disse a ele para te curar. Nem hesitei. Você sabe disso, certo?

Sua expressão se suavizou um pouco.

— Eu sei, *ástin mín*.

— Então por que você está com raiva?

E a suavidade em seu rosto desapareceu, dando lugar a uma expressão irritada. A barba estava começando a crescer. Fazia um tempo que ele não conseguia se barbear. Mas eu tinha que admitir, gostei de sua aparência com a barba por fazer.

— Ah, não sei, *macushla*. Talvez pelo fato de o Kieran

menosprezar o valor da minha vida, seu flerte incessante ou seu comentário constante sobre as intenções dos alfas do X-Clan.

Eu o encarei por um minuto.

Senti meus lábios começarem a tremer quando percebi a verdadeira causa de sua raiva.

Sim, parte disso devia estar relacionada à oferta de Kieran em relação ao meu caminho futuro, mas esse não era o centro da ira de Jonas.

— Você está com ciúme.

— Merda, sim, claro que estou — ele respondeu, me surpreendendo com sua veemência. — Você é *minha*. E ele não para de flertar com a minha companheira. Meu lobo quer destruí-lo.

Meu sorriso se ampliou, o que o fez semicerrar os olhos.

— Você sabe que ele é só um amigo, certo?

— Um amigo que quer *ficar* com você — ele respondeu, me fazendo arquear as sobrancelhas. — Sim, eu ouvi essa parte também.

— Ele quis dizer como médica e amiga.

— Claro.

Revirei os olhos.

— Ele já está acasalado.

— Ele está *noivo* — Jonas respondeu. — Isso não é o mesmo que estar acasalado. E a noiva dele nem está aqui.

— Verdade — concordei. — Mas ele sempre foi só um amigo para mim. E um colaborador muito útil.

Jonas bufou.

— Ele salvou sua vida — apontei. — Não pode odiá-lo.

— Também não tenho que *gostar* dele.

— Alfa teimoso — comentei.

— Ômega teimosa — ele respondeu sem perder o ritmo.

— Então acho que fomos feitos um para o outro — respondi enquanto montava em seus quadris e apoiava as mãos em seu peito para me sentar em cima dele. — Quer me dar seu nó para que todos saibam que sou sua? — Me esfreguei contra ele em um convite, o que provocou um rosnado profundo.

Um que fez minhas entranhas reagirem.

Meu interior umedeceu, cobrindo seu pau já duro.

Eu já havia tirado as roupas que Kieran me emprestou antes de me deitar com Jonas na cama.

Foi uma decisão brilhante da minha parte, pensei enquanto me balançava contra ele.

Ele rosnou de novo, levando as mãos para meus quadris enquanto nos virava e me penetrava sem aviso prévio.

Me movi contra ele, flexionando os quadris por instinto enquanto gemia. Aquilo doeu da melhor maneira.

— Mais — implorei quando ele se acalmou.

— Me diga que meu nó é o único que você precisa.

— Seu nó é o único que *quero* e preciso — afirmei, segurando seus ombros. — Você é o meu companheiro, Jonas. Por escolha. E sempre vou precisar e querer você.

Ele segurou minha bochecha. Seus olhos cor de gelo estavam intensos.

— Eu te amo, Riley.

— Prove — respondi, levantando meus quadris. — Me dê o nó.

Ele riu.

— Sempre tão exigente.

— Sim. — Envolvi s pernas em torno dele. — Agora, alfa.

Ele mordiscou meu lábio. Não foi com força, apenas o suficiente para servir como um aviso.

— Você é terrível, Riley Campbell.

— Isso significa que você vai me punir? — perguntei, esperançosa.

Ele suspirou.

— Quase morri e sua resposta é exigir sexo no momento em que acordo.

— Sim. — Porque provava que ele estava vivo. Me ajudava a me sentir com os pés no chão de novo. Reivindicada. *Amada*. — Preciso do seu nó, Jonas — disse a ele. — Do *seu* nó.

Ele se moveu contra mim, roçando o nariz no meu.

— Estou orgulhoso de você por ter lutado — ele sussurrou. — Muito orgulhoso por te chamar de minha. Nunca perca esse fogo, Riley. É quem você é, quem eu *amo*.

Estremeci embaixo dele, sentindo meu coração bater a mil por hora quando aceitei seu elogio e permiti que ele aprofundasse nosso abraço.

— Você também é quem eu amo.

Era uma verdade que minha loba sabia desde o início: este alfa sempre foi nosso destino.

— Quero estar onde você estiver. Sempre. — Algo que percebi enquanto conversava com Kieran sobre para onde ir a seguir.

Ele estava certo sobre Jonas precisar de um propósito.

E esse propósito seria mais pronunciado em um território do X-Clan, onde ele poderia ser fiel às suas raízes alfa.

Ele precisava se sentir superior, mas não por arrogância ou orgulho. Era apenas como ele prosperava.

Jonas me beijou. Seus lábios e língua pareciam sussurrar sua afeição e devoção a cada carícia, enquanto ele fazia amor comigo.

Foi lento.

Carinhoso.

Perfeito.

Eu não queria rápido ou com intensidade. Queria isso: um voto de vida.

Jonas está curado. Estamos a salvo. Fomos feitos um para o outro.

Mais uma razão para deixar o Território de Sangue: eu não queria morar perto de seus vizinhos vampiros, na Groenlândia. Claro, o oceano era grande. Mas as relações entre os lobos do V-Clan e as espécies de vampiros eram próximas demais para meu conforto.

Em especial depois da minha experiência mais recente.

O Território de Andorra era mais seguro. Em teoria, de qualquer maneira.

Jonas mordeu meu lábio inferior, me puxando de volta para si enquanto me penetrava profundamente.

Devagar e com propósito.

De um jeito lindo e *nosso.*

Suspirei. Minha loba estava satisfeita com as atenções de seu alfa. Suas mãos percorreram meus lados, seguraram meus seios antes de se aventurar para capturar meu rosto.

Ele se afastou para olhar para mim, com o olhar brilhando com posse enquanto entrava e saía.

Sem palavras.

Apenas emoções.

Amor. Paixão. Promessas de para sempre.

Ele manteve o olhar no meu enquanto me levava ao clímax. E continuou a me observar enquanto seu nó me reclamava por dentro.

Tão intenso. E exatamente o que eu desejava.

Ele me beijou quando o prazer nos atingiu. Seus rosnados baixos eram como um estrondo contra o meu peito.

Um estrondo que se transformou em um ronronar.

Me derreti embaixo dele. Aquele som se tornou meu vício favorito.

— Você é minha — ele sussurrou.

— Sim — concordei, cravando as unhas em sua nuca enquanto o segurava contra mim. — E você é meu.

Ele sorriu contra a minha boca e me beijou de novo.

E quando seu nó me soltou, ele me carregou pela suíte de hóspedes até o banheiro adjacente.

Onde me deu banho.

Ronronou para mim.

E lavou todo o sangue de sua pele. Tentei limpá-lo no avião com as toalhas fornecidas por Kieran. Mas a água corrente foi o que fez o serviço completo.

Só quando estávamos nos secando é que Jonas disse:

— Se você me pedisse para ficar aqui, eu ficaria. Por você.

— Eu sei. — Ele mais que provou que sempre colocaria meus desejos em primeiro lugar. Mas não era isso que significava ser parceiros, como Kieran havia apontado.

O Alfa do V-Clan era um enigma, sempre oferecendo palavras sábias enquanto se assegurava de que eu pudesse ler nas entrelinhas ao mesmo tempo.

Ele não era assim com os outros. Na verdade, parecia bem frio.

Mas nunca comigo.

No entanto, não por motivos românticos.

Éramos amigos. Assim como eu disse a Jonas. Dois pesquisadores que mantinham um respeito semelhante pela humanidade.

Ele era mais cínico por natureza. Eu, mais esperançosa. No entanto, era o que nos ajudava a equilibrar um ao outro.

— Quero falar com o Alfa do Território de Andorra —

disse a Jonas depois de um tempo. — Para saber mais sobre a clínica dele. E talvez conversar com o Beta Ceres sobre sua pesquisa também.

— Tem certeza? — Jonas perguntou.

Assenti.

— É o que faz sentido para nós, Jonas. E Kieran estava certo sobre a potencial colaboração lá. — Observei meu companheiro enquanto ele enrolava uma toalha em volta da cintura. — Você está interessado em ir para o Território de Andorra?

— Tenho interesse em discutir a opção com o Ander — ele falou. — Conheço o pai dele, Ludvig. É um bom lobo. Se o Ander for parecido com ele, o que imagino que seja, já que assumiu um território, então Andorra pode ser um bom lugar para nós.

— Porque você poderia ser um executor? — perguntei.

— Porque o Ander vai te tratar como deve: como uma pesquisadora de renome mundial, com potencial para garantir que nossa espécie sobreviva a esta pandemia.

Não como ômega ou a amada companheira de um alfa, mas como uma posição de valor, pensei.

— Você acha que irá ele respeitar meus sonhos?

— Só há uma maneira de descobrirmos. — Jonas se aproximou de mim, segurando minha nuca enquanto olhava em meus olhos. — Nunca vou te colocar em uma posição que você se sinta inferior. Nem vou permitir que alguém o faça.

Sorri para ele.

— Não tenho certeza se vou permitir isso também.

Seus lábios se curvaram.

— Estou contando com isso, *ástin mín*. — Ele roçou a boca contra a minha. — Vamos ver se o Ander corresponde às nossas expectativas e seguiremos partir daí.

— Certo — sussurrei.

— Certo — ele repetiu, me beijando de novo. — Estamos nisso juntos, *ástin mín*. Para sempre.

— Para sempre — repeti, sorrindo. — Mas não pense que isso significa que pretendo me comportar.

Ele bufou.

— Linda, não espero que você se comporte. Eu te conheço bem.

— Que bom. — Mordi seu lábio inferior. — Quer me dar seu nó de novo?

Ele deu uma risada.

— Sempre vou querer te dar meu nó, mas primeiro preciso de um pouco de comida, ômega.

Fiz um beicinho fingido.

— Mas...

Ele mordeu meu lábio inferior e pressionou a boca em meu ouvido.

— Paciência, Riley. — As palavras saíram em um grunhido. — Vou te satisfazer depois de comer. Agora, vista-se.

Dei um suspiro longo e dramático.

— Vou ter que insultar seu nó de novo, não vou?

— Experimente e vai se arrepender.

— Não com a sua versão de punição — murmurei.

Ele bateu na minha bunda com força o suficiente para me fazer gritar.

— Pare de me torturar, ômega. Preciso de comida.

Fingi fazer beicinho de novo, mas fui procurar roupas.

O tempo todo, ele me observou com olhos famintos.

Estava claro que, embora ele precisasse de uma refeição, eu seria a sobremesa.

E eu mal podia esperar.

Meu, pensei. *Este alfa é todo meu.*

EPÍLOGO
JONAS

Território Andorra

Ander Cain não sorriu. Ele mal olhou, sua presença severa me fazendo lembrar de uma versão muito mais inexpressiva de seu pai.

Talvez seja a ômega dele que o amoleça, refleti, pensando em Ludvig. *Ou a família que ele criou.*

Porque Ander não tinha o jeito caloroso do pai.

Mas não era cruel ou rude. Ele se sentou de frente para Riley e ouviu enquanto ela explicava sua pesquisa e credenciais. Algo me dizia que ele já sabia de tudo o que ela lhe contava agora. No entanto, não a interrompeu. Também não a fez se curvar ou suplicar.

O que era um ponto a seu favor.

Na verdade, ele recebeu *vários* pontos.

Ele nos encontrou na pista com seu segundo em comando, Elias, que estava sentado ao lado dele e, portanto, à minha frente na mesa, e nos levou a um prédio que era óbvio que havia sido construído recentemente.

Em vez de nos interrogar, ele mostrou os laboratórios e

apresentou Riley a Ceres. Os dois já haviam se falado algumas vezes por telefone, pois os recursos tecnológicos do Território de Andorra eram compatíveis com os do Território de Sangue.

Embora o Território de Sangue fosse de natureza mais futurista. O que era normal, considerando a essência mística dos seres que ali viviam.

Ainda assim, o Território de Andorra tinha um certo apelo que eu não podia negar. Não apenas pela liderança, mas pela aura e aparência geral.

Me senti confortável aqui.

E a ansiedade na voz de Riley me dizia que ela também se sentia assim.

Sua empolgação se iniciou nos laboratórios, depois de conhecer ˙ Ceres. Ele mostrou algo em que estava trabalhando e ela começou uma discussão altamente científica com ele que não entendi.

Elias e Ander trocaram um olhar, sugerindo que também não tinham entendido.

Mas o que quer que fosse, agradou minha companheira. O que me deixou satisfeito como resultado.

E agora, ela estava tentando se vender para uma posição que era óbvio que Ander já havia decidido dar a ela.

Eu podia ver isso na expressão dele.

No entanto, o homem permaneceu quieto e ouviu, suas íris douradas cintilando com conhecimento.

Ele com certeza é filho de seu pai, concluí. *Exceto pelo comportamento mais frio*. Mas eu poderia trabalhar com isso.

Eu não gostava de conversas desnecessárias, então não me importaria se ele quisesse mantê-las ao mínimo.

Seu segundo em comando parecia um pouco menos impassível. Seu olhar da cor da meia-noite combinava com o cabelo grosso e escuro – pelo qual ele passou os dedos algumas vezes enquanto estava sentado aqui, sugerindo que não gostava de ficar parado.

Elias sorriu para Riley algumas vezes, principalmente para incentivá-la a continuar falando. Parecia inocente o suficiente... apenas a adoração usual que os alfas exalavam quando estavam perto de ômegas.

Embora Ander não estivesse adorando nada. Ele foi profissional com Riley, tratando-a como se ela fosse outro alfa.

Isso era influência de seu pai.

E foi o que deixou Riley quase que instantaneamente confortável em sua presença.

Ela respirou fundo e concluiu:

— Então, como resultado, acho que isso seria uma boa opção para mim.

Ander esperou um instante, avaliando-a com suas íris douradas.

— Concordo.

Elias assentiu.

— Quais são seus requisitos? — Ander perguntou a ela. — Hospedagem, claro. Mas você tem preferência por algum tipo em especial? Localização? Temos suítes aqui neste prédio, mas também cabanas e outros estilos de casas em todo o território.

Riley olhou para mim.

Eu não tinha preferência. Iria aonde Riley desejasse.

— Podemos ver isso ao conhecer o lugar e decidir depois? — ela perguntou, voltando o foco para Ander.

— Claro — ele concordou. — O Elias pode levar vocês para dar uma volta e conhecer as opções. Enquanto isso, pode ficar em uma suíte de hóspedes aqui.

— Talvez vocês queiram manter dois locais — Elias acrescentou. — Temos muitos alfas neste território. Há certos momentos em que isso pode ser problemático.

— Problemático como? — perguntei, semicerrando o olhar. Porque eu *sabia* o que isso significava.

— Não vou adoçar isso. Alguns alfas daqui não acreditam que eu tenha idade suficiente para liderar. Os desafios são frequentes. Ainda não perdi nenhum. — Essa última parte parecia um pouco como um aviso.

Ele seria capaz de sentir meu domínio como companheiro alfa. Eu não era apenas mais velho que ele, mas talvez até mais forte. O que me tornava uma clara ameaça à sua liderança.

Mas eu não tinha nenhum desejo de assumir seu cargo.

— Não invejo sua posição — informei. — Mas vou ajudá-lo a protegê-la, desde que alguns dos meus termos sejam cumpridos.

Riley olhou para mim com surpresa. Não havíamos discutido essa parte, porque eu não tinha certeza se isso seria necessário. Queria observar as reações dela primeiro. Agora que sabia que ela queria ficar, poderia listar minhas exigências.

— Diga quais são — Ander pediu, com a expressão inalterada. Mas Elias parecia intrigado e, ao mesmo tempo, um pouco cauteloso.

Eu não poderia culpá-lo.

Seu trabalho era proteger Ander e, na ausência do alfa, ele era o líder do território.

Se Riley e eu concordássemos em permanecer aqui, meu trabalho seria proteger todos eles e agir como executor.

O que eu faria.

Desde que eles entendessem que Riley viria sempre em primeiro lugar.

— Primeiro, espero proteção adequada para minha companheira. Em *todos* os momentos. — O que incluía seus ciclos de calor.

Ander assentiu.

— Estamos desenvolvendo suítes para ajudar a mascarar os aromas. Essas suítes também estão sendo construídas com tecnologia de ponta, que torna quase impossível o acesso de usuários não autorizados.

— É por isso que mencionei ter um local secundário — Elias completou. — Eu recomendaria que vocês escolhessem uma dessas suítes para ficar em tempo integral ou mantê-la como uma segunda casa, para circunstâncias especiais.

— Vamos oferecer os dois — Ander acrescentou. — A dra. Campbell está nos trazendo uma riqueza de conhecimento e experiência. Estamos dispostos a oferecer tudo o que for preciso para tornar a sua estadia aqui permanente.

Elias assentiu, demonstrando que os dois alfas estavam em sincronia. Suspeitei que eles fossem amigos há algum tempo.

— Gostaria de revisar a opção da suíte durante nosso passeio — informei.

— Considere feito — Ander respondeu, arqueando a sobrancelha. — O que mais?

Mantive os olhos nos dele.

— Você jamais poderá repreender minha companheira. Se ela fizer algo que o ofenda, deve me informar e eu cuidarei da punição dela.

Riley respirou fundo ao meu lado, me fazendo olhar para ela.

— Nós dois sabemos que isso é um requisito — eu disse a ela. — Não vou deixar ninguém disciplinar você, exceto eu.

Ela se irritou.

— Quem disse que eu preciso ser disciplinada?

Apenas olhei para ela até que suas bochechas ficaram bem rosadas.

— Não sou um animal de estimação destinada a obedecer — ela murmurou.

— Não é um animal de estimação — concordei. — Apenas minha ômega mal-humorada que não tem problemas em mandar nos alfas.

— Só quando eles precisam de uma palavra severa — ela respondeu.

Sorri e olhei com expectativa para Ander.

— Anotado — ele respondeu, ainda impassível.

Enquanto isso, Elias parecia olhar para Riley com um pouco mais de adoração em seu olhar.

Sim, *minha ômega é um tanto mimada*, pensei para ele. *Mas é minha.*

— Se alguém tocar nela em repreensão ou de outra forma, vou considerar isso um desafio direto. E não vai acabar bem para quem quer que esteja envolvido — acrescentei, garantindo que me ouvissem e me entendessem.

Eu não tinha dúvidas de que Riley um dia deixaria Ander irritado.

Ela era cheia de energia ardente e paixão, enquanto ele exalava calma e mantinha um ar imperturbável. Essa combinação de personalidades seria perfeita ou terminaria em conflito.

Então eu queria garantir que ele não colocaria a mão nela.

Eu poderia.

E só eu.

— Anotado — ele repetiu, desta vez com um pouco mais de firmeza em seu tom. — E se alguém tocar na Riley neste território, terá que lidar comigo também.

— Concordo — Elias afirmou.

Assenti. Era *isso* o que eu queria ouvir: um acordo para proteger minha companheira.

— Então minhas condições foram atendidas.

— É isso? — Riley perguntou, incrédula. — Um lugar seguro para o meu cio e a garantia de que só você pode me repreender?

— Sim. — Não elaborei nada além dessa resposta, pois não havia muito mais a dizer.

— Sério? — ela pressionou. — Você não vai nem negociar um cargo?

— Minha posição é de executor — eu disse a ela. Não precisava que Ander me dissesse isso. Era o meu papel natural. — E ainda serei seu guarda-costas. Sempre.

— Mas não há muita coisa que possa acontecer comigo aqui — ela argumentou. — Eles construíram uma cúpula. — Ela apontou para cima, como se eu não soubesse o que ela queria dizer.

Era uma coisa impressionante de se voar. A estrutura de vidro precisou ser aberta para permitir nossa chegada. Aparentemente, abrangia todo o território até o solo.

Havia algumas portas que permitiam acesso externo quando um metamorfo precisava de uma boa corrida, mas era muito seguro.

E não era realmente vidro, mas uma substância de alta tecnologia com textura de vidro, que permitia uma bela vista das montanhas ao redor.

— Os infectados não são as únicas ameaças lá fora — eu a lembrei. — Mas eu concordo, a segurança me atrai.

Ela me deu uma olhada.

— A segurança significa que você vai ficar entediado.

— Com você como minha companheira? — Eu sorri. — Nunca vou ficar entediado. Além disso, imagino que o Ander terá tarefas para mim.

— Terei mesmo — ele disse, sem perder o ritmo. — Diversas.

Testes de lealdade, traduzi. Seu pai podia ter falado bem de mim com base em nossa interação anterior, mas Ander gostaria que eu provasse meu valor.

— Estou ansioso por isso.

— Então mal posso esperar para apresentá-lo ao Enzo — ele falou, fazendo Elias bufar.

— Um dos seus adversários? — Imaginei.

Ander grunhiu.

— Se é que ele pode ser chamado assim.

Riley franziu a testa.

— Você vai fazer o Jonas lutar? — O cheiro dela mudou, demonstrando que isso a preocupava.

— Não vou precisar lutar muito, *ástin mín* — prometi. — Uma ou duas vezes irá estabelecer a hierarquia.

Ela sabia tão bem quanto eu que essa parte seria necessária. Éramos animais no coração. Lobos. A hierarquia era uma segunda natureza para todos nós.

Sua carranca se aprofundou.

— Duvido que o Ander tenha algum vampiro em seu território — acrescentei baixinho. — E eu cresci com os lobos do V-Clan. Vou ficar bem.

— Eu sei. Só não gosto de pensar em você lutando depois que... — Ela parou.

Estendi a mão para dar um pequeno aperto em sua nuca.

— Eu derrotei aquele alfa viking. Duvido que algum dos alfas do Ander rivalize com ele em tamanho.

— Onde foi que você lutou contra um alfa viking? — Elias perguntou, intrigado.

— Carolina do Norte. — Não elaborei, pois não era uma história que eu desejava discutir. — Posso ajudar com seu problema e desafios — falei, me referindo a menção anterior que ele fez a ter sido desafiado algumas vezes.

As íris douradas de Ander cintilaram com os primeiros sinais de emoção. Era uma sugestão de alívio cauteloso.

— Então vou apresentá-lo ao bando.

— Já? — Riley perguntou com um suspiro. — Ele vai lutar hoje?

Apertei sua nuca de leve.

— Não acho que ele quis dizer hoje. Temos que fazer uma turnê primeiro.

Ander não comentou, algo que apreciei. Outros alfas podiam se ofender com o tom de Riley. Mas ele apenas observou.

— Tudo bem — ela concordou, seus olhos azuis encontrando os meus. — Vamos conhecer o lugar primeiro.

Me inclinei e dei um beijo em sua bochecha.

— Vamos encontrar um ninho adequado.

Ela semicerrou o olhar, me fazendo sorrir.

— Eu sou o seu alfa agora — acrescentei, sorrindo. — Quero um ninho para morar enquanto você trabalha.

Riley franziu o nariz.

Então ela percebeu que eu estava brincando.

Pelo menos um pouco.

Eu queria um ninho... só com ela. Talvez um dia tivéssemos filhotes. Talvez, não.

Eu tomaria as pílulas necessárias para evitar a procriação durante seus ciclos. A menos que ela me disse o contrário.

Minha vida era com Riley.

Sua felicidade era o que mais importava.

Como evidenciado por seu sorriso agora. Isso fez meu lobo ganhar vida em resposta, deixando minha alma satisfeita pelo prazer de minha companheira.

— Vamos construir um ninho — ela me disse, com os olhos brilhando. — Juntos.

— Juntos — concordei.

Ela curvou os lábios e olhou para Ander novamente.

— Acho que está na hora de conhecermos seu território, alfa. Meu companheiro e eu precisamos escolher um novo lar.

Eu a puxei para mim e beijei sua têmpora.

Você fez o pouso forçado de um avião perto de um ninho de infectados valer toda a dor e o caos do mundo, pensei para ela. *E mal posso esperar para ver o que o destino nos reserva a seguir.*

Fim

TERRITÓRIO ANDORRA

Katriana Cardona

Minha vida acabou no momento em que o X-Clan me encontrou.

Fui mordida.
Transformada.
E reivindicada por ele.

Meus marcadores genéticos me rotulam como uma ômega rara. Mas por dentro, sou toda fêmea alfa. E não vou me ajoelhar. Nem mesmo para o Alfa de Andorra.

Ander Cain me promete proteção.
Um novo mundo de prazer e dor.
Mas ele quer tudo de mim em troca.
Mesmo que isso signifique me tomar à força.

Mas não vou desistir da minha luta interior. Passei os últimos vinte e um anos lutando contra os mortos-vivos. Esses lobos não saberão o que os atingiu quando eu terminar.

Ander Cain

Minha vida começou no momento em que a encontrei, minha querida companheira. Ela é a força da natureza que o Território Andorra precisa para nos dar esperança de um futuro. Um motivo para continuar e proteger nossas terras da infestação de zumbis.

No entanto, ela se recusa a seguir nossas regras.

Nascida em uma época em que os humanos faziam qualquer coisa para sobreviver, ela não está acostumada com a hierarquia do bando ou com as leis que nossa espécie segue. Mas ela vai aprender. E vou gostar muito de ser o responsável por treiná-la.

Katriana Cardona pode lutar comigo o quanto quiser, mas no final ela será minha. Ela se submetendo ou não.

LEXI C FOSS

Lexi C. Foss é uma escritora perdida no mundo do TI. Ela mora em Chapel Hill, na North Carolina, com o marido e seus filhos de pelos. Quando não está escrevendo, está ocupada riscando itens da sua lista de viagem. Muitos dos lugares que visitou podem ser vistos em seus textos, incluindo o mundo mítico de Hydria, que é baseado em Hydra nas ilhas gregas. Ela é peculiar, consome café demais e adora nadar.

https://www.lexicfoss.com/Inicio

MAIS LIVROS DE LEXI C. FOSS

Série Aliança de Sangue

Inocência Perdida

Liberdade Perdida

Resistência Perdida

Rebeldia Perdida

Realeza Perdida

Crueldade Perdida

Universo da Aliança de Sangue

Desejo

Dia de Sangue

Rainha dos Elementos

Livro Um

Livro Dois

Livro Três

O Próximo Reinado

Rainha dos Vampiros

Livro Um

Livro Dois

Livro Três

Livro Quatro

Série X-Clan

A origem

Território Andorra

O experimento

A flecha de Winter

Território Bariloche

Outros Livros

Ilha Carnage